江戸湾封鎖

熊谷敬太郎

幻冬舎

江戸湾封鎖

装　画　「一八四六年七月二十九日、江戸湾を去る
アメリカ軍艦コロンバス号とヴィンセンス号」
横須賀市自然・人文博物館蔵
装　丁　平川彰（幻冬舎デザイン室）
図版制作　美創

【登場人物】

内池武者右衛門《うちいけむしゃえもん》——川越藩士 相州三崎陣屋詰め与力
綾部城太郎《あやべじょうたろう》——川越藩士 相州三崎陣屋詰め同心
斎藤伊兵衛《さいとういへえ》——川越藩士 相州三崎陣屋番頭
政吉《せいきち》——川越新河岸 廻漕問屋旭屋船頭
安五郎《やすごろう》——三崎 魚問屋久野屋手代
おみや——安五郎の娘
亀太郎《かめたろう》——三崎浜 漁師
中島清司《なかじまきよし》——浦賀奉行所与力
秋元吉次郎《あきもときちじろう》——浦賀奉行所与力
肥田仁平次《ひだにへいじ》——浦賀奉行所同心目付
笹本喜重郎《ささもときじゅうろう》——浦賀奉行所平同心 鉄砲組小頭
ジェームズ・ビッドル——アメリカ海軍東インド艦隊提督
トーマス・ワイマン——東インド艦隊戦艦コロンバス号艦長
ハイラム・ポールディング——東インド艦隊フリゲート艦ヴィンセンス号艦長
陳《ちん》——南京人 ヴィンセンス号乗務料理人 通訳

目次

天保14年（1843年）の「乗止め検問線」と「打沈め線」

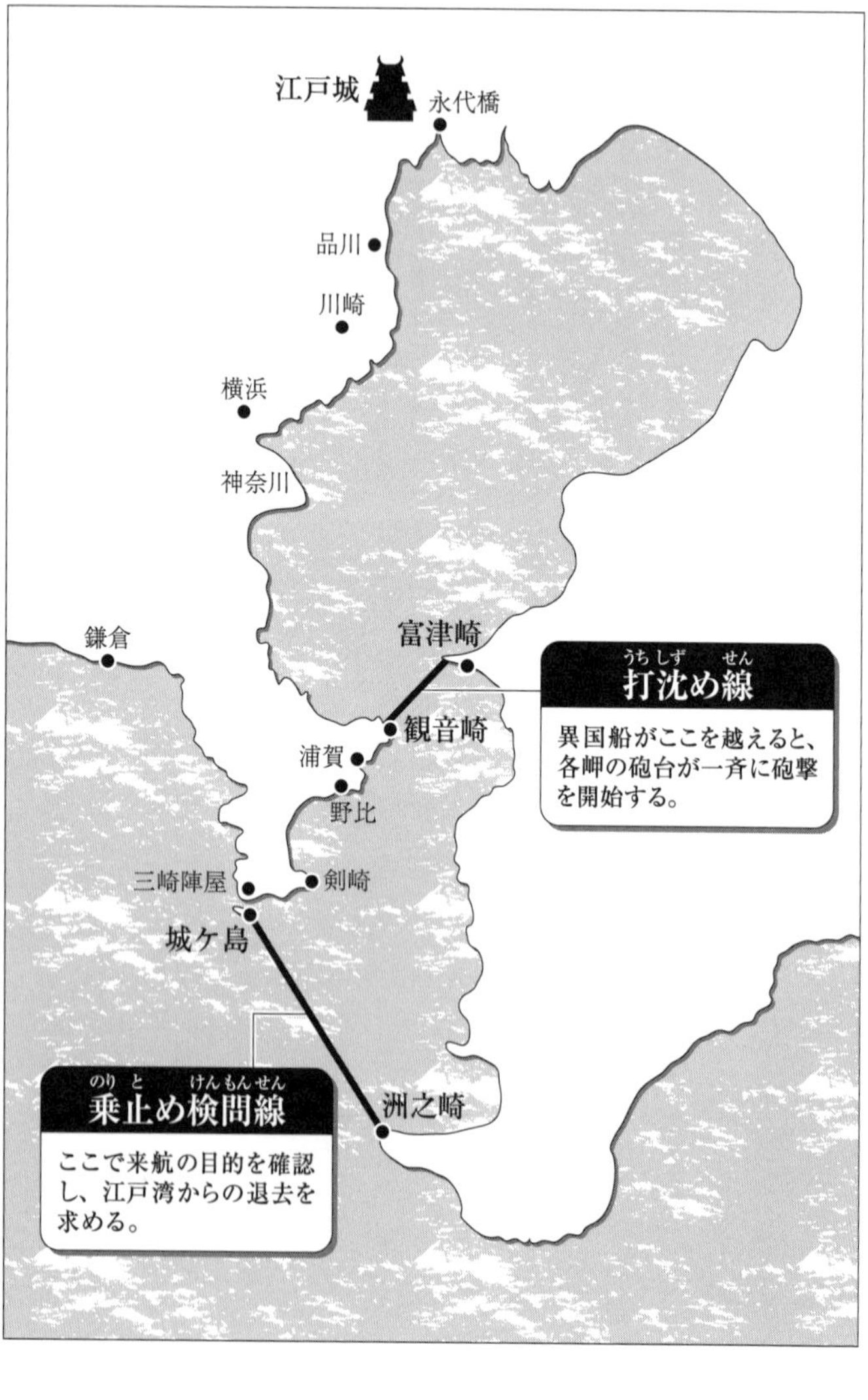

序章

江戸湾を俯瞰すると、その形状は人の胃袋にも見える。

三浦半島の先端部が咽喉で、ここから観音崎と富津《ふっつ》崎を結んだ辺りまでが食道、そして、その先の横浜、品川、深川から房総内側を抜け富津崎を結んだ線で囲まれた江戸湾が胃袋ということになる。

『房総相豆《ぼうそうそうず》の海は殊に江戸の咽喉之地』

寛政四年（一七九二）にロシア使節ラクスマンが根室に来航して通商を求めた時、老中 松平《まつだいら》定信《さだのぶ》が無防備な江戸を評してその危機感を露わにした言葉だ。房総、相州、伊豆には大きな城はなかった。そのため侵入しようとする異国船は妨害を受けることなく自由にこれらの咽喉を通過し、永代橋という腹の底まで侵入可能であった。

江戸湾最深部の永代橋付近から江戸城本丸までは僅《わず》か三キロメートル程度しかない。異国船からの砲弾は確実に届く距離であった。

ラクスマン来航から十六年後の文化五年（一八〇八）八月には、イギリスの軍艦フェートン号が国籍を偽りオランダ国旗を掲げて長崎港内に侵入、出島のオランダ人を人質にとった『フェートン号事件』が起きた。

長崎湾も人の胃袋のような形状をしている。問題は幕府直轄、長崎奉行支配の地にイギリスの軍艦が自由に入り、武力行使したという事実であった。

フェートン号事件からさらに十七年後の文政八年（一八二五）、幕府は漸《ようや》く重い腰を上げて『無二念打払令《むにねんうちはらいれい》』を発布した。日本国に侵入する異国船に対しては無条件で直ちに砲を撃ち放つというものであった。

実際に江戸湾に侵入してきた異国船に対しては警告なく砲弾を浴びせかけた。それは天保八年（一八三七）六月、米国商船モリソン号が江戸湾にやって来た時のことだ。

モリソン号は日本に対する敵愾心《てきがいしん》のないことを証明するため、澳門《マカオ》で備砲を外し、女性を同船させ、尾張と肥後の漂流民七名を乗せて大義名分を整えた上での来航であった。

だが浦賀奉行所の砲術方は観音崎の台場からこの商船に突然砲弾を浴びせた。砲弾は全てモリソン号に届かず手前に落下した。突然の砲撃に驚き野比《のび》沖に退避したモリソン号は、その後も一弾の命中を含む執拗な砲撃を受け続け、やがて漂流民を乗せたまま江戸湾から退散した。

日本国は海外との交流をほぼ完全に閉ざしている。

長崎の出島からもたらされる和蘭風説書《オランダふうせつがき》と、長崎出入りの清国人からもたらされる唐風説書《からふうせつがき》が、辛うじて西欧の文化と政情を伝えていた。風説書はまことに細い一本の糸のような、風の便りのような、心もとないものではあったが、積み重ねられた情報は幕府に世界の動きを確実に伝えていた。

特に一八四〇年の阿片戦争に関する風説書は幕府を驚愕させた。

仮にモリソン号への砲撃のような事件を契機にイギリスが軍事行動を起せば、結果は火を見るより明らかで、日本の将来には清国同様の運命が明確に見えてくる。軍事衝突は、植民地政策を画策する異国側がちょっとした動機を発見すれば十分であった。

風説書は西欧の植民地主義の実態、インドや清国などアジアの侵略された国々の悲惨な様子を生々しく伝えていた。

天保十三年（一八四二）、幕府は『無二念打払令』の方針を取り止め、『天保薪水令《しんすいれい》』を発布した。これは砲弾を撃ち込むことにより、異国に侵略の口実を与えてしまうことを恐れたからで、薪《まき》、水など異国船が必要とするものを無償で与えて穏便に引き返してもらう、という穏やかな方針への転換であった。

同時に幕府は江戸湾咽喉の地の防備を多少強化した。

この年、川越藩は相州三浦郡のほぼ全域を藩の分領とし、半島全域の防備を担った。これは川越藩がもともと相州三浦郡に七千二百八十八石の分領を所有していたからだが、江戸湾口を防備するには浦賀奉行所の兵員では足りなかったからでもある。

翌年、川越藩は大津（横須賀）に陣屋を構え、五百名を超える藩士を相州詰めとした。

天保十四年九月、城ケ島にあった安房崎《あわさき》遠見番所を浦賀奉行所から引き継いだ川越藩はここに台場を建設した。だが和砲の砲弾の飛距離はわずか三キロメートルしかなかった。忍《おし》藩防備の房総洲之崎《すのさき》の台場と安房崎の距離はおよそ二十キロメートルだったので、異国船がこの湾口の中心を通ってしまえば何の防御効果もなかった。とはいえ、異国船の江戸湾侵入を防ぐには隘路《あいろ》となっているこの海域が戦術上もっとも適している。

幕府の海防掛《かいぼうかかり》は江戸湾の第一防御線を安房崎と洲之崎を結ぶ線に設定し、これを『乗止め検問線』、第二防御線を浦賀の観音崎と房総の富津崎を結ぶ線に設定し、『打沈《うちしず》め線』とした。そして、異国船の江戸湾侵入はこの二本の線で囲まれた海域で阻止すると決めた。

幕府の海防戦略は十八世紀の終わりに林子平《はやししへい》が唱えた『海国兵談』がその思想の中心であり、『小船策《しょうせんさく》』が戦術の中心であった。これは動きの鈍い大船に対して、小回りのきく小船《こぶね》の数をもって一気に四方から攻め立て大船に勝利しようとするもので、明治から昭和前期にかけての戦争で華々しく名を上げた特攻精神さえ彷彿させる策であった。

『小船策』に固執する者は誰もが、『小』が『大』を制すという空想上の美学に自ら酔いしれていた。そのため、フェートン号やオランダ船を通して異国の軍艦の大きさは伝わっていたにもかかわらず、日本の軍船の中心は、押送船《おしおくりぶね》や五大力船《ごだいりき》に代表される長さ五、六間の小船で、乗員は三、四名の戦闘要員に船頭、水手《かこ》を合わせて十二名から十五名でしかなかった。

この発想は源平以来の水軍となんら変わるところはない。

弘化三年（一八四六）、江戸湾口の水面には平和な初夏の風が吹き渡り、鷗が優雅に舞っていた。

その中を、上方からの菱垣《ひがき》廻船や、蝦夷地《えぞち》や奥州方面から干し鰯《ほか》や海産物などを満載した廻船が真っ白な帆を上げ次々とやって来る。廻船は岬の陰から吹き寄せる突風に煽られて時々大きく傾《かし》ぎ、そのたびに水手が帆綱を緩めたり引き締めたりする長閑《のどか》な風景が繰り広げられていた。

だがこの時、江戸湾咽喉の地を守る川越藩と忍藩には出動の機会が刻々と近づいていた。

侵入してくる異国船はアメリカ東インド艦隊の巨大戦艦。侵入を阻止し検問を行うのは両藩の小さな木造船八艘で、手漕ぎの押送船と五大力船だった。

平和に包まれた江戸湾では、異国船の接近にまだ誰も気付いていなかった。

異国船を乗止めせよ

一

早朝の浜はいつも魚箱の中を跳ね上がる魚のように景気が良い。

鮮魚は活《い》きが勝負だ。

弘化三年閏《うるう》五月二十七日朝五ッ（一八四六年七月二十日八時頃）、相州三崎の魚仲買商、久野屋の手代安五郎は三崎西之浜に積み重ねられた魚箱の員数の確認と判取帳への記入に追われていた。明けの六ツ（六時）過ぎから続々と西之浜に揚げられる鮮魚は、浜で久野屋などの魚仲買商の押送船に積み替え、浦賀湊《みなと》や品川宿まで運ばれる。安五郎はその応対に追われていた。

鮮魚の積み替えと員数の確認を終えた船は威勢の良い掛け声を上げて次々と浜を離れて行く。

押送船は上げ潮や追い風を利用して六丁櫓や八丁櫓を漕ぎまくり、品川宿まで活きの良い鮮魚を一気に運び込んでいた。

時を競うこの商いが三崎の魚仲買商に大きな利益をもたらし、浜の漁師の暮らしを支えている。鮮魚を満載した押送船は瞬く間に西之浜の視界から消えた。

少し前まで浜を埋め尽くしていた船は大方出払い、今は、久野屋抱えの五艘の内、最後の一艘への積み込みをしている。

既に朝の五ツ（八時）を大きく廻っていて、この朝最後の買い付けとなっていた。

「おい、亀さんよ、お前《めえ》もうちっと早く持ち込めねえのかい。明日はお前を待たずに船を出すぜ。ここんところ、遅れて浦賀船番所を通ると荷改めが煩《うるせ》えんでな」

安五郎は横でのんびり海を眺めている男に小言を言ったが、言葉にトゲはなかった。毎日同じことを言っているのだから、どこか挨拶にも近い。言われている男の方も馬耳東風、安五郎の小言など右の耳から入って左の耳に突き抜けて城ケ島の先へと飛び去っている。

男は日銭の高を気にする風もなかった。

魚箱を運び入れた漁師は亀太郎。古くからの仲間で、三崎近海での漁を生業《なりわい》としている。

三浦半島の先端部は、大島の南を激しく流れる黒潮の影響で天然の良い漁場に恵まれていた。黒潮の一部は相模湾に流れ込む前に房総半島の海底部の壁にぶつかり、深海から水面近くまで湧き上がり、江戸湾内から流れ出す潮と激しくぶつかることを繰り返している。そのため江戸湾の口には栄養が豊富で良質な潮を求めて多くの魚が集まり、良い漁場となっていた。三崎の町はこの自然の宝庫を糧《かて》としている。

三崎の浜は荒磯に囲まれた三つの浜と、半島に鋭く切り込んだ北条入江で成り立っている。西の端にある西之浜は突き出した荒磯がもっとも深く湾曲し、南西から寄せる荒波を防いでいた。南には城ケ島が広がり、やはり大洋からの荒波を防いでいる。浜からは城ケ島の灘《なだ》ヶ崎《さき》を通して大島が一望できた。

亀太郎は頭頂部から横にだらしなく垂れ下がった髷《まげ》が安五郎の頬に付くほどに顔を寄せて判取帳を覗き込んでいた。

髪油の香りに汗臭さが混じり妙な臭いが漂っている。

「亀、ちょっと顔を離せ。汗臭えよ」

安五郎は気心の知れた亀太郎の頬に手を当てると押し戻して自分の顔から遠ざけた。

亀太郎は、

『汗臭さと魚臭さは漁師の誉れだい』

とばかりに安五郎の手を払い海に眼をやった。

長年漁師として日々を海で過ごしている亀太郎の視力はもともと良い。だが、四十を少し超えてから判取帳の細かな文字を見るのは辛くなった。もっとも、それは言い訳で、ひらがなと数字以外の文字は苦手だし必要もない。したがって読むのが厭なのか、見えないので厭なのか、本人以外にはその真相は判らない。

この日、快晴の空には初夏の真っ白な雲が湧き、その下にどこまでも青々とした相模の海が広がっていた。その先には伊豆の山々が薄く望め、少し右に眼を移せば、まだ真っ白な雪をかぶった富士が裾野を広げていた。これらの壮大な自然を背景に真っ白な帆をかけたいくつもの廻船が陸地沿いを行き来していた。

南西方の海上に大島の三原山がまるで富士山に対抗するかのように円錐形の山裾を浮かべていたが、その前を数艘の廻船が大きな一枚帆をあげてこちらに向かって来た。伊豆の先端部と大島の間を抜けてやって来る廻船は大坂方面からの下り船だ。灘の酒や赤穂の塩、紀州の木材などを満載していた。

また房総半島の海岸線沿いに北方から入り込んで来る廻船には、蝦夷地からの干し鰯や奥羽・出羽・三陸など東北の飯米などが満載されていた。

積み荷は永代橋手前で高瀬船や猪牙舟《ちょきぶね》などの川船に積み替えられ、各藩御用の物品は藩の蔵屋敷や御用商人の蔵に運び込まれ、江戸市井《しせい》の物品は日本橋や江戸橋方面の廻船問屋の蔵に運び込まれた。

江戸の武士と庶民百万の平和な消費文化は、こうして三崎の前を日々行き来する廻船によって支えられていた。

亀太郎は早朝のまだ暗いうちから船を出しているので、いつもこの時刻になると急に眠気が襲ってくる。かれは大きく欠伸《あくび》をした。それから自分の視力の衰えを確かめるかのように眼をこすり、大島の島影を見つめてしばたたいた。

続いて大きな欠伸がもう一つ亀太郎を襲い、気持ち良さそうにあんぐりと開けた口に掌を当てた。呑気な性格が口の開け方一つにも表れていた。

だが、亀太郎の動きは閉じようとした口をそのままに固まってしまった。

「ありゃ、妙だな――」

そう言った口には掌を当てたままだ。

「おい、安さんよ、大坂からの廻船かな。それにしては随分南から水路を取ったもんだ。いや、それとも黒潮に流されたのかな――」

亀太郎はそう言って安五郎に相槌を求めた。

廻船は陸を見ながら航行する。夜はどこかの湊に入り安全を図るのが基本だ。だから伊豆半島の突端に顔を出した廻船は必ず伊豆半島と大島の間の半島寄りに方向を取り、鎌倉辺りを目指して航行し、風や潮の流れを計算して最終的に三崎の突端附近にやって来る。黒潮に流されてしまうような危ない航路は決して取らない。

だが、亀太郎が見つめている廻船は大島を大きく越えて真南方向に近付いていた。

安五郎はちらりと海に眼を向けたが、判取帳を見続けていたため急には遠目がきかなかった。かれは亀太郎を無視し、さも煩《わずら》わしそうに判取帳に眼を落とした。

その腕を亀太郎が盛んに突っつくので筆が運べない。

「どうせ五百石か千石船だろう。おい、おみや、ちょっと亀が煩《うるせ》え。お前の良い眼で見てやってくれ」

安五郎は娘のおみやに話を振った。

おみやは今年十七歳になった。三崎小町の評判も高い。悪い虫のつくことを案じた安五郎が自分の眼の届く久野屋で働かせるようになってからまだ半年も経っていない。そのため、魚屋臭さのない初々しさがおみやの所作のいたるところに残っていて、浜の漁師や仲買に、そして城山の陣屋に詰める川越藩の藩士らにも評判が良かった。

浜で働く女の多くは、浜風に髪を振り乱し、漁師相手に声を張り上げている間に濁声《だみごえ》となってしまう。海辺に注ぐ陽の光に晒されているうちに顔は黒く荒れ、髪は潮風でバサバサとなり、やがて髪を整え薄化粧することも忘れ、いつの間にか立派な浜女となった。

その点、おみやはまだ若く美しい。潑剌としていて誰にも愛想が良いので若い漁師や船頭にもてた。

「小父《おじ》さん、どこ?」

おみやが掌をかざして大島方向に眼を移した。おみやの細い指先が美しく反っている。

「ほれ、大島の取り舵側（左側）、白い帆が見えるだろう。俺の眼も近年弱ってしまってどうもはっきり見えねえ。廻船の帆が二重にも三重にも見えやがる」

亀太郎はそう言って手の甲で何度も眼を擦《こす》った。

「老いぼれてきたってことよ。もたもたしていると、竜宮からお迎えが来るぜ。亀さんが亀さんを迎えに来やがる――」

おみやが横でクスッと笑みを浮かべ笑いを堪《こら》えた。

毒づいた安五郎の耳だけは亀太郎とおみやに向き、眼は判取帳に落としたままだ。

「あ、本当だ。小父さんの言う通り確かに白い帆が二つ」

「そうだろ、俺にゃ二重にも三重にも見えるが――」

「廻船は二艘でしょ、でも確かに帆がいつもと違う」

「どれどれ、どこだい？」

その声を聞いて安五郎がようやく眼を海に移した。

「ほれ、大島の少し取り舵側だ」

亀太郎が指差す方向を見ると、確かに島影とは別に白く点のような影が見える。よく見ようとして眼を凝《こ》らしたがどうもはっきりせず、帆が二重にも三重にも映った。

「たった今、大島をやり過ごしてから方向をこっちに変えたようだが、黒潮に流されねえかな。確かに二艘だ。千石船と五百石船に違いねえ」

遥か沖合で朝の陽光を浴びた帆が白く輝きだし、船影を少しだけ明らかにした。

「あれ、異国船じゃないの」

おみやの声に二人は一瞬はっとして眼を凝らした。

「異国船？　おい、亀、こりゃ大変だ。ありゃ本当に異国船かもしれねえぜ」

安五郎はそう言って、亀太郎の腕を強く引き船影を見つめた。だが自分自身の眼には自信がない。

「おい、おみや、亀よ、もう一度よく見てくれ、帆は一枚帆ではねえな、間違いねえな！」

「ああ、確かに一枚帆じゃねえ」

安五郎は亀太郎とおみやに念押しした。

「帆は何枚もあるみたい」

「帆の形は上が小さく下が広くなっているな」

「ああ、間違いねえ、下が広がっている」

「廻船の帆とは何か形が違うわよ。よくは判らないけど」

おみやが頭を傾げた。

慌てて誤った注進にでも及んだら、後からどのようなお咎めがあるか判らない。

菱垣廻船、樽廻船など和船は必ず大きな一枚帆。しかも遠目には上部が大きく見える。これに対して、異国船は檣《ほばしら》が二本か三本。一つの檣に帆桁《ほげた》が三本か四本横に走り、ここから帆が複数垂れ下がっている。そして、帆の大きさは上に行くほど小さい。しかも、異国船の舳先《へさき》には遣《や》り出し檣があり、数枚の三角形の遣り出し帆が付いている。

「間違いねえよ。帆は上が小さい。四枚ぐらいの帆が確かに見える」

亀太郎は何度も眼を凝らしながら船影を見つめた。

「おい、こりゃ本当に大変《てえへん》だぜ。おみや、お前《めえ》ちょいと店に行って、俺が陣屋に走ったと伝えてくれ。注進してくる」

安五郎はそう言うなり判取帳をおみやに投げるようにして手渡し、着物の裾を端折《はしょ》り上げて浜を駆けだした。

かれは一旦飛び出してから、おみやを振り返り、

「うちの大将に伝えてくれ、異国船に間違いねえから、直ぐに伊豆屋さんへご注進するようにとな。こりゃ本当に大変だ」

と言い、足をばたばたさせて走りだした。

伊豆屋はこの土地の名主だ。

少しでも早くと安五郎の急く気持ちに足の動きがついてこない。それが雪駄《せ》のバタつきとなって表れた。その姿には普段悠然と構えている久野屋筆頭手代の風格はなかった。安五郎は騒々しい足音を残して西之浜の路地に駆け込んだが、そこで天秤棒に野菜を満載した老婆と鉢合わせとなり辛うじて衝突を避けた。

「すまねえ！　婆さん」

と咄嗟に声をかけたが、勢い余った安五郎は反対側の板塀に肩から強く突っ込んでいった。

二

川越藩の三崎陣屋は江戸湾の入り口を睥睨《へいげい》するかのように、三浦半島の最先端、起伏の多い台地を利用して造られた城山にある。文化七年（一八一〇）、相州警備を担った会津藩が陣屋を構えてより、代々相州三崎警備の陣屋は常にこの城山に置かれていた。

陣屋の東側崖下には深い緑の水を湛《たた》えた北条入江が広がり、この奥には浦賀奉行所の三崎船番所もあった。

三崎の浜から城山の陣屋まではさほどの距離ではない。だが長い上り坂の途中には空堀《からぼり》が縦横にまるで迷路のように走っている。安五郎は陣屋へと続く一本の岨道《そばみち》を駆け上がった。子供の頃から遊び慣れた裏道で、空堀の底まで一度降りてまた登らねばならないが、陣屋へは近かった。空堀には岩礁と南国の陽光に恵まれて育った浜木綿《はまゆう》が白く可憐な花糸《かし》を広げている。

安五郎は陣屋への崖を、ぜいぜい息を切らして登り、陣屋西側の裏門が眼の前に現れると、精一杯の声を張り上げた。

「大変だ、大変だ」

安五郎はあらん限りの大声で叫び、裏門から陣屋内に駆け込んだ。広大な陣屋には長屋がいくつも軒を連ねていたが、多くは空き家で、どちらかと言えば閑散としていた。

安五郎は藩士の姿を求めて大声で叫びながら走った。

「大変だ、大変だぁ」

その声に陣屋内から数人の藩士が飛び出してきた。

「久野屋、なんだ、その慌てっぷりは！」

声をかけたのは、川越藩三崎陣屋詰め与力内池武者右衛門《うちいけむしやえもん》。

武者右衛門は役宅の縁に片膝を落として安五郎を手招きした。

安五郎は顎から先にやって来たが足が追い付いていなかった。日頃は久野屋筆頭手代らしく衣服を取り乱したことはないのだが、その日の安五郎は着物から毛深い脚と褌《ふんどし》が覗き、その慌てぶりも声も余程大きかった。

「久野屋、お前さっきから『大変だ』としか言っていないぜ。一体《いってえ》どうした？」

「異国船がやって来たぁ――」

安五郎の息はそこで切れた。あとが続かず、それだけ言うとガックリと庭に両膝を落とした。

「異国船？　お前本当か。そりゃ大変だ。膝を落としている場合じゃねえ」

武者右衛門は直ちに陣屋備えの遠眼鏡を手にし、藩士二人を伴い飛び出した。

安五郎も慌てふためいて武者右衛門の後を追った。異国船接近の場合、異国船の停船と検問は、半島の最先端で防備についている武者右衛門ら陣屋詰め藩士の双肩にかかっている。

「本当に異国船に間違いねえだろうな？」

「へえ、何度も自分の眼で確かめたから間違いねえです」

かれらは一斉に陣屋内南側の馬場へと走った。

武者右衛門に続く藩士は同心の綾部城太郎と足軽の早川五郎。

安五郎は十間ほど遅れて後に続いたが、次第にかれらから遅れだした。西之浜から走り続けたかれは喉をぜいぜいと鳴らし苦しげに喘いでいたが、南端の空長屋《あきながや》を廻り込んだところで足をもつれさせて横滑りに転んだ。

「大丈夫ですか」

綾部城太郎は足を止めると直ぐに戻り、安五郎を助け起した。

「申し訳ねえです」

城太郎は心なしか安五郎に親切だ。安五郎の口ぶりにも、どこか親しげな響きがあった。城太郎は安五郎の体を支えるようにして馬場へと走った。

馬場の先は切り落ちた崖で視界を遮《さえぎ》るものはなかった。

崖下からは磯風が絶えることなく吹き上がってくる。汗ばんだ体に心地よい風だ。眼下には城ケ島の艶やかな緑と黒い岩礁が広がり、そこに南の大洋から寄せてきた大波が当たって白く砕けていた。

その先、遥か沖の大島の東寄り手前に真っ白な帆を掲げた船が二隻望めた。

「先ほどより大分近付いている」

安五郎は思わず独り言《ひとりごと》ちた。

武者右衛門は遠眼鏡を手にすると二隻の船に焦点を合わせた。

船は間違いなく異国船だった。

船の舳先は確かにこちらを向き、白く泡立った波を左右に大きく引き裂きながら力強く進んでくる。船上に小さく見える水手の姿から判断して、一隻はこれまで見たこともないほどに大きく千石船の数倍はあるかと思われた。もう一隻は千石船ほどだった。

「二艘とも三檣船《さんしようせん》だ」

三檣船とは檣《ほばしら》三本の船のことだ。千石船の檣は一本なので、間違いなく異国船であることが判じられた。大きい方の船の中心の檣には大きな帆が四段に掛かっていた。

四人は交互に遠眼鏡を手にして異国船接近の非常事態を確認すると、直ちに陣屋の番頭、斎藤伊兵衛に報告するために踵《きびす》を返した。

「早川、お前は先に狼煙《のろし》台へ走れ。異国船渡来第一報の合図だ。斎藤様の下知《げち》を待たなくて良い。日頃の調練を思い出して落ち着いてやれ」

与力筆頭で陣屋の番頭である斎藤伊兵衛には、侵入してくる異国船に対し、砲撃を始めとする多くの権限が与えられている。

異国船発見時には発煙を伴う大筒を点火することとなっていた。

「綾部、お前は中間《ちゆうげん》一人を大津陣屋へご注進。他一人を安房崎砲台へ下知だ。それから直ちに西之浜に駆け付け、御船小屋から船を引き出せ。一の先出陣備えだ。斎藤様へは俺から注進する。斎藤様の下知で直ちに出陣、良いな」

「はい」

二人は緊張した面持ちで返事をしてからため息を大きくついた。

綾部城太郎は今年二十二歳、早川五郎は十八歳になったばかりでまだ若い。昨年末に川越藩の相州詰め交代で三崎にやってきた二人はこれが初陣だった。

異国船来航時の調練は既に終えている。綾部城太郎と早川五郎はそれぞれ命じられた持場へと走った。

「安五郎、お前は三崎浜の伊豆屋に船頭、水手の呼集だ。伊豆屋には半鐘を叩かせろ」

「へえ、伊豆屋さんにはうちの大将が走っております。間もなく半鐘も叩かれるでしょう」

安五郎がそう言った時、激しい半鐘の音が町の方から沸き起った。

「一の先、二の先全ての船頭、水手と押送船を浜に集めるように伝えろ。あとは追って下知する」

「へえ、あっしが間違いなくお伝えいたします」

安五郎もその場の緊張した雰囲気に呑まれて、この場で直ちに戦闘が始まるかのような真剣な顔をした。安五郎はもと来た岨道を跳ねるようにして駆け下りた。

三崎浜での軍船の備えは常にできており、西之浜の御船小屋から引き出すだけで良い。これらの軍船を操船するのは主に三崎の漁師で、平時は漁に追われているが、異国船来航時には半鐘による合図で呼集された。呼集される漁師と船頭は一の先、二の先と予《あらかじ》め出陣順が決まっており、陣屋の命令により順次異国船に向かい繰り出すことになっていた。

出陣を指示された漁師たちは日頃の漁は休まねばならなかったが、村ごとに徴集される人数は決まっており、名主がその責務を負っていたので、どのような事情があっても出陣数が欠けることはなかった。

船頭や水手の一部は藩士や武具の相州輸送を担って新河岸川《しんがしがわ》を下り、隅田川、品川宿、横浜村を抜け三崎までやってきていた。陣屋設置や台場の補強のために武州と相州の全域からも名主の手配で多くの人足がかき集められた。

川越藩は藩主以下の命令系統を明確にし、村人差配を円滑に進めるために、名主に百石程度の扶持《ふち》を与え名字帯刀を許し、相州警備に協力させていた。

三

接近しつつある異国船は次第にその船影を明らかにし始めた。

陣屋内はたちまち激しい喧騒に包まれた。安五郎に続き異国船を眼にした漁師が次々と注進に現れ、混雑を極めている。最初に鳴った半鐘を合図に町の各処で半鐘が鳴り響き、町は騒然とした空気に包まれだした。

一の先、二の先の水手たちが慌しく浜へ走って行った。

内池武者右衛門にとって異国船と対峙するのは二回目の経験であったが、この陣屋の多くの藩士にさしたる経験はない。武者右衛門を始めとする十二名の藩士は定め通り、帯刀、手槍を抱え西之浜に駆け付けた。

西之浜の川越藩御船小屋からは既に五大力船と押送船の四艘が浜に引き出されていた。

武者右衛門の乗り込む五大力船には同心綾部城太郎と足軽の早川五郎が乗り込む。船頭は川越新河岸からやって来た高瀬船の船頭政吉《せいきち》でまだ若いが腕は良い。これにやはり川越の水手四名と三崎の水手四名の八丁櫓であった。他の三艘も同様の人員で、藩士三名に水手と船頭が七名から九名付いていた。

足軽が定期的に異国船の位置を注進し、西之浜の緊張はさらに高まった。

浜には大勢の漁民や三崎の町民が集まり心配そうな表情で軍船を遠巻きにしていたが、人々の輪を破って一人の若い女が浜に飛び込んできた。肩で息を切っている。

おみやだった。

彼女は人々の輪を潜るようにして軍船に近付くと、そのまま綾部城太郎の許《もと》に走り寄った。手には小さな包みが抱えられていた。

勢いよく走り寄ったが、城太郎の横に立って初めて浜中の視線が二人に集中していることに気付いた。その途端恥じらいが先に立ち、『食べて下さい』は声にならなかった。おみやの手には手作りの腰兵糧《こしひょうろう》が抱えられている。

城太郎にしても手を出して良いものか一瞬の迷いがあった。

「城太郎、お前何を躊躇している。ありがたく頂戴しろ」

武者右衛門の声に城太郎は腰に下げていた兵糧を慌てて外し、おみやの兵糧を身に付けた。こちらも恥ずかしさで声が出ない。それを紛らわすかのように鉢金《はちがね》をきつく締め、遠く城山に眼をやった。三崎陣屋は初夏の明るい緑に包まれ西之浜からは見えなかった。

城ケ島方面から吹き寄せる浜風に城太郎の着物の袖が強くはためいた。腰の朱鞘が一際よく似合っていた。

『なんとも凜々《りり》しい――』

おみやは正直そう思った。

そう思った途端、勇気が湧き、おみやは衆人の中で城太郎を見つめた。

「城太郎様、武運長久をお祈りいたします、ご無事で――」

彼女は自分でも驚くほどはっきりと言葉を発した。恥ずかしさはもうなかった。

「これを――」

おみやの細い指先で赤く小さな御守が揺れている。

三崎海南神社の御守だ。

御守を受け取る時に城太郎の指がおみやの指に触れた。微《かす》かにではなかった。おみやには、浜の人々が注視する中で城太郎が自分の手をしっかりと握ってくれた、と感じられた。

おみやの顔にぽっと赤みがさした。

二人は三月ほど前から陣屋や浜では半ば公然の仲となっている。

もともと陣屋の藩士は魚の仲買などに縁はない。にもかかわらず、おみやが久野屋の店先に立つようになって以来、城太郎が久野屋の店先を覗くことが次第に多くなった。陣屋に干魚や鮮魚をぶら下げて帰ることも多くなり、自然と四囲の知るところとなった。

そうした中での出陣だ。あまりにも急のことで、おみやも周りのことなどに気を回している余裕などなかった。異国船発見と同時におみやは御守を取りに引き返し、腰兵糧を作ったのだ。

おみやの眼には薄っすらと涙さえ浮かんでいた。

「お前、相当の働きをしないとおみやさんに申し訳ないぜ」

武者右衛門の言葉に綾部城太郎も頬を染めた。

内池武者右衛門の音頭で十二名の藩士と船頭・水手全員が水盃《みずさかずき》を交わした。

「我らはこれより異国船を乗止めし検問する。各自、己のお役目を完遂せよ。各々《おのおの》、名を惜しめ、十分な働きをせよ」

「エイ、エイ、オー」

辺りに鬨《とき》の声が轟き渡った。死を覚悟の乗止め検問である。軍船は浜から押し出され、川越藩の御船印《おふねじるし》が勢いよく掲げられた。

西之浜には水手の掛け声が勇ましく響き、一斉に櫓を漕ぎだした。

藩士らは日頃から調練を重ねてきていた。

それは異国船に見立てた菱垣廻船が乗止め検問線に差し掛かると直ちに追い船して素早く取り囲み乗り込むというもので、軍船は常に素早い移動で仮想目標の廻船を四方から取り囲み乗止めできた。また、毎月のように忍藩と申し合わせて乗止め検問線まで軍船を繰り出して陣形を確かめたり、互いの陣屋を訪ねたりして交歓を重ねてきている。

こうした『小船策』に基づく操船は確かに臨機応変に戦闘態勢を組むことが可能で、菱垣廻船は老練な海の男たちに取り囲まれた鯨のように容易《たやす》く捕獲された。取り逃がすことなどありえなかった。

だが、武者右衛門らは近付きつつある異国船の実態についてまだ何も知らなかった。

かれらの異国船を見る大きさの尺度は、日本で見慣れた千石船や過去に江戸湾にやって来た異国の捕鯨船などを実見した際の大きさに支配されている。しかも広大な大洋での目測が尺度の感覚を鈍らせていた。そのため、近付きつつある異国船を精々千石船の数倍程度の大きさと誰もが信じていた。

だが、この時江戸湾に侵入しようとしていた異国船は長さ三十二・五間（約五十八・五メートル）、三檣（三本マスト）に、遣り出し帆（ジブセール）を掲げ、船の両舷側に三層にわたって二十四ポンド砲（約十一キログラム）や三十二ポンド砲を合計九十二門備えた世界最大級の戦艦であった。そしてこの異国船は日本最大の千石船の二十倍という巨大船であり、武者右衛門らが乗っている軍船と比較すれば、およそ七十倍の兵員を擁する、日本人の想像を超えた巨大戦艦であった。

船はアメリカ海軍東インド艦隊、戦艦コロンバス号。乗員はジェームズ・ビッドル提督以下、トーマス・ワイマン艦長、士官・兵士など合計八百名。医師、酒食役、大工、帆縫師、髪剃人、音楽人なども乗船した艦隊であった。

コロンバス号にはもう一隻、ポールディング艦長が指揮するヴィンセンス号が随行していた。ヴィンセンス号は乗員百九十名、備砲十八門のフリゲート艦だった。

二隻の異国船は次第に江戸湾口に近付いて来る。

異国船は従順に停船に応じるか——。

日本の軍船に向けて砲弾を撃ち放つのか——。

武者右衛門の乗った船を始めとする四艘の軍船は灘ヶ崎の荒磯を迂回して大波の中へ乗り出

した。軍船は大洋の風波に翻弄《ほんろう》され続け、波間に完全に姿を消したかと思うと、次の瞬間には突然波頭に跳ね上げられるようにして姿を現した。

天気は良い、だが波は高い。

武者右衛門の抱えた御船印が波間にふらふら揺れ、浜辺から見守っていると真《まこと》に心もとなく見える。これに比べ、次第に近付きつつある異国船はまるで巨大な島のようだった。

「我らは異国船より江戸湾を守る。各々《おのおの》身を呈して防備の職を全うせよ！」

その声に水手らは奮い立ち、掛け声を合わせて必死に八丁櫓を漕いだ。

内池武者右衛門が向かう先には、アメリカ海軍の巨大な戦艦と日本の戦艦とも言うべき小さな木造船との歴史上初めての邂逅《かいこう》が待ち構えていた。

江戸湾微速進入

一

アメリカ海軍東インド艦隊司令長官ジェームズ・ビッドル提督は、アメリカ合衆国を出発して以来十四カ月に及んだ長い航海の末に眼の前に現れた美しい山を見て感慨に耽っていた。深い緑に包まれた優しい稜線がこの国の国土を途切れることなく包み込んでいた。

ビッドル提督は、過去に世界一周航海を一度行い、喜望峰を五度、ホーン岬を三度越え、赤道を二十回通過するという航海実績を持っていた。そして今度の航海はおそらく自分の海軍人生最後のものとなるであろうという予感も抱いていた。

四十六年にわたる海軍一筋の人生では多くの国々を訪ねた。

地中海の国々や島々は輝く太陽とともにオリーブの木々や白砂の美しさに溢れていた。インドや南アジアの国々の国土も明るく美しい緑樹と赤い土に包まれはしていた。しかし、今、まさに艦隊が進入しようとしている日本の山々や陸を包み込んでいる深い緑は、なんと神々《こうごう》しいことか。

ここ数日これらの美しい緑は艦隊の航路左手、日本の太平洋岸に沿って絶えることなく続いていた。

ビッドル提督は横で佇立しているコロンバス号艦長のトーマス・ワイマンに声をかけた。

「ワイマン君、見給え、あの山を――」

提督が指差した方角には、その神々しさの象徴のように、山頂に雪を抱いた富士山が空に向かって聳えている。多くの航海記や旅行記に紹介され、名前と素描によって知っていた富士山が次第に眼の前に近付きつつあった。

一八四五年五月にアメリカのニューヨーク港を解纜《かいらん》したコロンバス号は喜望峰を回り、南インド、セイロン、オランダ領バタビヤを経て六カ月後の十二月に清国の広東に到達した。任務は清国政府との望厦《ぼうか》条約の批准書を取り交わすことであった。

広東での任務を終えたビッドル提督には、開国開港に関する質問状を日本に突きつけ、回答を得る任務が残っていた。


アメリカ本国の政策とは別に、ビッドル提督は英国のアジア侵略に批判的だった。

アメリカは英国での宗教上、思想上の迫害を逃れた人々によって形成されてきた。

ビッドルの曽祖父は敬虔なクエーカー教徒だった。そのため、曾祖父を始めとするビッドル一族には、英国における宗教上の迫害を逃れて一六八〇年代にアメリカに渡って来たという歴史が流れていた。

そしてビッドル自身もその歴史を背負っている。

アメリカは英国から独立してまだ七十年しか経っていない。英国から独立したという意識はまだ多くのアメリカ国民に色濃く流れていた。

かれの顎には大きな銃創があった。これは一八一二年戦争で英国海軍の将校が放った銃弾が顎を砕き突き抜けた痕だった。ビッドルの乗務するホーネット号が英国海軍の軍艦に船を体当たりさせて破壊し、降伏に追い込んだことがあった。だが、この時、降伏したはずの英国海軍の一将校がビッドルに向けて銃を撃ち放ったのだ。一命は取り留めたが、銃創は三十四年経った今もくっきりと残っている。

若く血気盛んだった頃、乗艦が英国海軍による海上封鎖で動きが取れなくなったこともあった。この時には封鎖中の英国艦に対して、砲艦同士の決闘による決着を主張したこともあった。強力な海軍力を背景に大国の大義と無理難題を押し付けてくる大英帝国の姿は、ビッドルの望む国家像とはほど遠いものであった。

まだ脆弱《ぜいじゃく》だった母国アメリカを背負うようにして英国と対峙してきた海軍士官としての経歴は英国の植民地主義に懐疑を抱かせていた。

阿片戦争後の広東を観察すれば、そこには西欧の軍事力に敗れ、誇りを失った民族が退廃の中で彷徨《ほうこう》していた。

植民地主義の犠牲となった民族の姿は悲惨だった。

そのような姿を思い出すと、ビッドル提督はいつも一人の男の名前を思い浮かべた。ロシアの海軍士官ワシリー・ミハイロヴィッチ・ゴロヴニンとその著作の『日本幽囚記』だった。そして、

日本の鎖国政策は決して間違ってはいないのではないか——。

という国家の政策とは対立する考えについつい引き込まれてしまうのだ。

開国したアジアの国々は西欧の文化を取り入れ、西欧と交渉を持つことによって利害関係を生じさせ、やがて西欧諸国に侵略の口実を作らせてしまうのではないか、という危惧であった。そんなことであれば開国などせずに鎖国している方が遥かに良い。

最上甲板では先ほどから兵士の訓練が行われている。銃剣を抱えた兵士が整列し、鼓笛の合図で銃を構えたり散開したり行進したりしていた。

江戸湾進入時にはどのような事態が生じるか予断を許さない。突然砲撃を受けて戦闘状態となる恐れも十分あった。また、未知の湾に進入することで、見知らぬ暗礁に激突し難船する恐れもある。さらに恐ろしいのは、敵対国の水域で座礁した場合、身柄を長い間にわたって拘束される恐れがあることだった。

ビッドルには忘れがたい苦い経験が一度だけあった。

それは一八〇三年の十月、かれがまだ二十歳を少し過ぎたばかりの海軍士官候補生だった頃

のことだ。この年、ビッドルはベインブリッジ艦長指揮のもと、フリゲート艦フィラデルフィア号に乗務しアメリカ商船の保護任務についていた。大西洋と地中海ではアメリカの商船が度々海賊船に襲われ物品や乗務員の生命が奪われていたからだ。

　事件は海賊船を追跡中に起きた。

　地中海のトリポリ港に逃げ込んだ海賊船を追って港に突入しようとした時、フィラデルフィア号は突然暗礁に乗り上げ身動きが取れなくなったのだ。船への浸水は激しく、回復する見込みが絶たれた時、海賊都市国家トリポリへの降伏の使者として特命されたのが、上官の中尉と士官候補生ジェームズ・ビッドルだった。

　まもなく、フィラデルフィア号は、真っ白なコート様の服に包まれ顔中濃い髭に覆われた海賊に占拠された。男たちは手に手に抜き身のサーベルを持って振り回し、フィラデルフィア号の乗員を脅かして船内のあらゆるものを略奪した。

　言葉の全く通じない、国際法も理解されない地で次に待ち受けていたのは、捕縛された状態での町中の引き回しだった。艦長を始め全員が衣服を乱暴に剝がされ、多くの男たちが振りかざす剣の林やトリポリ男女市民の怒号の中を、小突かれながら宮殿へと引きたてられた。

　この時この町には公開処刑を予期させる狂気が渦巻いていた。

　北アフリカの一部の国での公開処刑は騎馬槍隊の標的にされるという残酷な刑だった。多くの群衆が見守る中、処刑を宣告されたものは目隠しされて処刑場の杭に捕縛される。そして処刑の合図が出され鼓笛が高々と鳴り響くと、騎乗した兵士が槍を抱え突進してきて槍を投擲《とうてき》するのだ。一人が標的を外したり、手足や腹部などの致命となる部位を外したりすると、次の兵士が再び馬で駆け付けて来て第二の槍を投擲する。兵士が標的を外しても中《あた》っても、群衆からは大きな歓声が沸き起り、それが目隠しされて処刑を待つ次の者を底知れぬ恐怖に陥れるのだ、という話を聞いたことがあった。

フィラデルフィア号の乗員は誰もが死を覚悟した。

しかし、耐えがたい屈辱と苦痛に覆われた俘虜生活は十九カ月後の一八〇五年に突如終わりを告げた。アメリカ政府からの高額な身代金との交換で解放されたのだった。

二

この時に、ビッドルが学んだことが三つあった。

一つ目は、どのような事態に直面しても、仲間との強い団結心や孤独に耐える強い精神を持ち続け、そして最後まで決して諦めないということだった。

この困難な状況で、常に寛大で知的でかつ勇敢な行動を自ら示してくれたのはベインブリッジ艦長だった。十九カ月という長い期間にわたってビッドル士官候補生は艦長と多くを語らい学んだ。そして生涯を通じて最も尊敬する人物として信頼し、自分も将来ベインブリッジ艦長のような海軍軍人になりたいと心がけるようになった。

フィラデルフィアの自宅の書斎には二千三百冊を超える蔵書があった。紀行文、文学、歴史、航海術の他に国際法や軍法に関する書籍も多く、これらを読破したかれは後に海軍の軍務慣例の権威となった。ジェームズ・ビッドルのこうした知識に対する絶えることのない欲求の原点は全てベインブリッジ艦長との十九カ月間の俘虜生活に端を発していた。

二つ目は、このトリポリでの痛い失敗から、海図のない湾に進入する時はたとえ交戦中でも微速で進入するということだった。敵地での座礁は艦船にとって致命的だったからだ。

三つ目は、世界には自分の尺度で測ることのできない文化を持ち続けている民族がいて、互いに決して理解し合えないと思っていても、誠意とか愛というものは万国不変であり、どこかに共通する感情や共有できる行動というものが必ずあるものだ、ということだった。

事実トリポリでの俘虜生活でも、時を経るに従い、あの髭面の男たちとも意思の疎通と笑みを共有できるようになった。そして、国家間の熾烈な抗争とか海賊たちの道徳問題を横に置けば、友情に近い感情すら芽生えそうになったのだ。

この経験は、その後にロシアの海軍士官ゴロヴニンが著した『日本幽囚記』を読むことによってさらに深い確信となった。

ゴロヴニンは一八一一年に日本の北方の地で捕らわれて、二十六カ月と二十六日間という驚異とも言える長い期間虜囚の身となった。かれは『タイショー』と呼ばれている日本人の船頭・高田屋嘉兵衛とロシア海軍士官リコルドの努力によって助けられるのだが、日本幽囚中に経験し観察した日本という国と文化、そして日本人について膨大な記録を自らの脳裏に留めた。

そして、これらの記録は解放後の一八一六年にロシア海軍印刷局から『日本幽囚記』として官費出版されヨーロッパで版を重ねた。

ゴロヴニンが松前という日本の北方の僻地、ほんの小さな城下町で幽閉されながら観察した日本人観は実に精緻であった。俘虜生活でのあらゆる状況や精神状態が、虜囚を経験していたビッドルには我がことのようによく理解できた。そして理解できたがゆえに、ゴロヴニンが主張する日本人観を信じたいと考えるようになった。

本来であれば、囚われの身であったゴロヴニンには、日本人に対する敵意や文化に対する嫌悪が煮えたぎり、民族の資質に対する賛歌など生まれる余地などないはずだ。

ゴロヴニンはこの『日本幽囚記』の中で、日本の鎖国政策についてブギョウと呼ばれている日本の貴族と議論したことを述べている。

かれはブギョウにヨーロッパの国々の商業と文化の交流について誇り高く話したことがあった。

ブギョウはその話の一つひとつに耳を傾け、ヨーロッパの商業と文化の高さに感心してみせたので、ゴロヴニンはブギョウがかれの話を完全に理解したものとこの会話に満足した。

だがブギョウは長い間ゴロヴニンに話をさせた後、ヨーロッパでは国と国の間に戦争はないのかと質《ただ》したのだ。ゴロヴニンはブギョウの質問に答えるべく、二つの国の間に戦争が始まると、他の国々がどちらかについて戦争が広がるという実情をつい話してしまった。

するとブギョウは『日本はやはり開国することはできないでしょう』と言い、そして日本は開国せずに戦争のない世を望むと言ったのだという。

確かに開国しなければ諸外国と争うこともない。

一つずつ論理を詰めて、いつの間にか上手く自分たちの論理に引き込み相手を論破してしまう。そうしたブギョウの論理性と巧妙さにゴロヴニンは舌を巻いた。しかも論理性のみならずブギョウのヨーロッパについての知識は、ゴロヴニンが説明するまでもなく相当の高さにあった。つまり全てを判っている上でゴロヴニンに話をさせていたのだ。

日本の鎖国に対する論理は整然としていた。

民族にとっての幸せは他からは計り知れない民族特有の考えがあり、その考え方にも一理あるということだった。

本来、開国か鎖国かの選択権はその民族にあり他民族にはない——。

ビッドルは考えた。

もしも自分がこのブギョウと対峙したら、この日本の貴族を論破できるだろうか——。

同じようなことは、長崎のオランダ商館に医師として赴任していたケンペルの『日本誌』にも書かれていた。

戦乱の続くヨーロッパと比較して、鎖国している日本は高い文化を保ち平和で豊かに暮らしていると——。

一体どちらが幸せなのか——。

ビッドルは『日本幽囚記』を読んだ日に受けた衝撃と、その後、長い間包まれた憂鬱な気持ちを忘れてはいなかった。

相手が幸福を感じ、平和を信じているものを、いくら『あなたは不幸だ』と言い、『開国して西欧の文化を取り入れることで人びとの幸せを確立しなさい』と言ったところで何の意味もなさないのだ。

日本には日本の文化があり、特有の精神構造がある。これを崩すことの難しさは、一海軍将官であるビッドルの想像の域を超えていた。


こういった論法から進めていけば、日本が開国し通商を開くなど、日本の平和と安全のためにはありえないことで、この論理を崩してどのように開国開港を理解させるか――。

これは大変な作業と言えた。

アメリカ海軍の戦艦によって恐怖心を与え譲歩を得るのか。

強引に武力制覇して開国開港を強制するのか。

だが、そのいずれも固く禁じられている。

現在、ビッドル提督に与えられている任務は、日本政府に対してアメリカ政府からの開国と通商を求める書面を手渡し、打診することだった。開国について日本人と議論を行うことでもなければ、開国を強要することでもない。

三

コロンバス号の左舷側少し前方をヴィンセンス号が軽快に進んでいた。そして、その先に江戸湾の入り口が次第に大きく広がってきた。

「ワイマン君――」

ビッドル提督はワイマン艦長に声をかけた。

「提督、判っていますよ。微速前進ですね」

艦長のワイマンがにやりと笑みを浮かべて提督を振り向いてから、副長に微速前進を指示、同時に僚艦ヴィンセンス号に向けて旗旒《きりゅう》信号を上げさせた。甲板上に甲高い呼び子が鳴り響くと、水兵は機敏な動作で帆綱を引き、檣いっぱいに張られていたいくつもの帆を次々に巻き上げた。

「提督、左右両舷の砲門を開き、砲弾、火薬の充塡を終えました」

砲術長の報告に提督は黙って頷いた。

「日本人は攻撃を仕掛けてくるでしょうか」

顔に緊張が走っている。

「九年前に我が国の商船モリソン号が砲弾を撃ち込まれ、やむを得ず退去したことがあった。

今回も日本人は砲弾を撃ち込んでくるかもしれない」

「日本人の漂流民を送り届けに行ったのに砲弾を撃ち込まれた話ですね」

「うむ――」

「野蛮な国ですな。いきなり砲弾を撃ち込むなど我々の常識の範囲を超えている」

砲術長が艦長に同調した。

「どうも私にはアジアの国々のものの考え方が判りません。インドも中国も」

ワイマン艦長はいつも中国人やインド人に厳しい。東洋の人びとに対する不信感が心の底に流れていた。

「なに、人間皆同じだ。そう大きく変わったところはないだろう。楽しければ笑うし、不正には怒りを露わにする。そして悲しみには誰でもみな涙する。どんな民族でも民族自身に対する強い誇りというものをそれぞれが持っているものだ。人間である限りな」


コロンバス号は速度を落としながら次第に江戸湾に近付いた。ほど良い風が絶え間なく後方から吹き付けているが、潮が複雑なためか波は高い。江戸湾の入り口が迫った時、艦隊はヴィンセンス号を先頭に湾口のほぼ中心を進んだ。左右の陸地への距離はおよそ十キロメートル。

陸地の様子が裸眼でもよく望めるようになった頃、左右の入江から小舟が漕ぎだしてきた。左手からの小舟は四艘、漕ぎ手が六人から八人付き、両舷に日本特有の長いオールを出して必死に漕いでいる。小舟は太平洋から打ち寄せる大波に翻弄されて、波間に浮かぶ木の葉のように揺れていた。

望遠鏡で観察すると、小舟のバウ（舳先）に立つ男は、なにか旗飾りを付けた二メートルを超える棒を抱えている。一艘あたりの漕ぎ手を除く男は三、四人で、いずれも武装しているが、武器は話に聞く日本式の刀と手槍だけで、先頭の船に立つ男だけが横ストライプ柄のチョッキを着込んでいた。さらにもう一人、体つきのがっしりした船頭らしき男がスターン（艫《とも》）に立ち長い舵状の棒を抱えていた。

小舟は波間を漂うかのようにふらふらと進んでいたが、コロンバス号から目測しているより遥かに速い速度で海面を滑るように艦隊の進行を遮る位置に進んで来た。

ビッドル提督はこれらの小舟と接触し日本側に損害を与えてしまうことを恐れた。

「ワイマン君、速度をさらに落とし給え、日本の小舟と接触して沈めてしまっては不味い。ヴィンセンス号にもそう伝えよ」

進行方向には左手から現れた小舟が適当な間隔で散開しだした。これらの小舟に接触せずに進むなど至難の業と思えるほど煩わしい位置に小舟は散った。

ビッドル提督の指示でヴィンセンス号も速度を落とし、二艦はまるで流されているような速度で江戸湾に入った。

御船印をかざせ

一

内池武者右衛門は接近しつつある二隻の異国船を見て思わず両足が竦《すく》んだ。次第にその姿を明らかにし始めた両船はこれまで見たこともないほどに巨大だ。目の前に迫り来る異国の軍船はまるで周囲を砲台で固めた浮島のようだった。巨大な浮島には水平に二本の白線が走り、この白線に沿って数えきれないほどの大筒が並んでいる。三本並んだ太く高い檣の最後尾には白地に赤い横線柄の模様、そして左上には紺地に白色の桔梗《ききよう》の花弁のような花柄模様をちりばめた旗が掲げられている。

これまで、三崎沖での乗止め調練では、上方より江戸湾に進入して来る三百石や五百石の和船が相手であった。江戸湾に進入して来る下り船の中から一艘の廻船に目標を定めると、御船印を掲げて五大力船と押送船を力漕ぎして近付き取り囲んだ。すると、どの船も乗止め縄をかけるまでもなく一様に帆を下ろし、藩士の指示に大人しく従い北条入江に入った。

捕獲した船への乗り込みも楽であった。和船の舷側には足掛かりがいたる所にあり、手も楽に届く。多くの場合、船頭や水手が丁重に手を差し伸べ、梯子や踏み板を差し出した。だが現実に眼の前に現れた異国船の舷側はまるで城壁のように高く切り立っている。足掛かりはなく、足を滑らせばそのまま海に引き込まれてしまうことになる。

武者右衛門は腰砕けになりそうな体を御船印の木棒で支え、両足を開いて踏ん張った。

御船印は長さ八尺の木棒の先に川越藩の印である臼形の飾り印を取り付けたものだ。火消しの纏《まとい》の纏頭のようなもので、その直ぐ下に川越藩藩主、松平大和守の家紋である三葉葵を織り込んだ幟《のぼり》が垂れ下がっていた。

これを異国船の舳先に掲げることで、異国船に突入した一番御船印としての証しとなる。いわば一番槍と同様の意味を持つ、武士として大変誉れ高い行為であった。

江戸湾に進入してくる異国船は通商の打診が目的であっても、侵入される日本側はその事情を知らない。和蘭風説書によって伝えられる英国は油断のならない敵である。清国の二の舞を踏み、日本に攻め入る口実を与えてはならない。もしも、この異国船が日本を侵略する意図を持ってやって来たのであれば、砲撃と斬り込みで直ちに撃退する。

それが武者右衛門らに与えられた任務であり、その覚悟で異国船に向かっていた。

武者右衛門らを乗せた軍船は城ケ島の灘ヶ崎から真南に向かって漕ぎだし、漸く『乗止め検問線』の中央附近まで進んだところだった。太平洋から打ち寄せる波は高く、軍船を上下左右に大きく揺らし続けた。その揺れに逆らうように立ち続けることは容易ではなかった。だが、異国船を停船させなければならない今、武者右衛門はまるで虚勢を張るように胸を反らして立ち続け、その頭上では御船印が勇ましく輝いていた。

気付くと洲之崎方面からも忍藩の軍船が繰り出して来る。かれらも後《おく》れを取らじとばかりに必死に櫓を漕いでいるが向かい風だ。武者右衛門らに利があった。

どのようにしてあの化け物のような異国船を停船させ、船上に駆け登るのか――。

同じような大きさの船であれば、船を体当たりさせて相手の船に損害を与え、敵船に斬り込むというのが古来、海上戦闘の常套手段だ。

武者右衛門はいかにして異国船に取り付くかという考えで逡巡していた。だが妙案は浮かんではこなかった。異国船の舷側は垂直に切り立っている。黒く塗り潰されている舷側に足掛かりはどこにもなかった。

「武者右衛門様、あんなにもでっかい異国船、どうやって乗り移るのですか?」

綾部城太郎の言葉にも戸惑いが窺える。

城太郎は川越藩きっての居合道の達人だ。敵と交える白刃には自信があった。だが、それ以前に異国船上にどのように登るのか、ということについては全く方策が浮かばなかった。

「武者右衛門様、異国船の奴らとても停まる様子を見せません――」

早川五郎も同じことを口にした。かれらは一様に戸惑いを見せた。

だが、そんなことを質されても、武者右衛門とて応えようがない。先ほどから、それをしきりに考えているのだが、妙案など浮かばなかった。

その苛立ちが少々乱暴な応えとなって跳ね返った。

「そんなこと知るか。当たって砕けるだけだ」

「体当たりですか？」

「そうだ！」

言葉には勢いというものがある。

『そんな、無茶な――』

二人はほとんど同時にそう言いかけて押し黙り、互いに顔を見合わせた。討死は覚悟のことだ。名誉の戦死となる。だが溺れ死ぬのだけは御免蒙りたい。

武者右衛門の言葉だけを聞き、顔つきを見れば、いかにもあの山のような異国船に体当たりしかねない勢いだ。だが、あの化け物のような異国船の舳先にこちらの軍船をぶつけたところで、砕けてしまうのはこちらの船だ。船体はたちまち壊れて板切れとなり海の藻屑となるに違いない。若い二人は顔に不安を露わにした。

二人とも泳げないことはなかった。荒川でも泳いだ。だが、それは距離にすれば精々川幅の二十間。もともと川越は内陸の山裾に近い台地にあり、武士に泳ぎなどは必要とされていない。水手はともかく、武装している城太郎にしても五郎にしても、刀などの武具の重みで一瞬たりとも浮かんでいることはできないだろう。

異国船はこちらのそんな恐怖など他人事《ひとごと》のように悠然と向かって来た。

幸い、異国船の大きな帆は大方下ろされて船の速度は遅くなっていた。だがまだ張られている小さな帆は十分に風を捉え、風に押されて流される速度も速かった。

武者右衛門は政吉に、異国船の進路を妨害する方向に舳先を向けさせた。武者右衛門に従い、他の三艘の軍船も一斉に異国船の進路を妨害する位置に散開した。

異国船は甲板上の水手や砲手の一人ひとりが視認できる距離に近付き、それは見上げるような大きさとなった。

「早川、お前は船の備砲の数を記録しろ。城太郎は船の大きさ、帆の枚数などだ」

二人は矢立てを取り出し、手早く船の装備を書き入れた。

武者右衛門らに近い小さい方の船にしても大きさは千石船の数倍もあり、片舷に砲が九門も並んでいる。その後方からやってくる大船に至っては見たこともないほどの大きさだ。片舷の砲だけでも三層の甲板から合計四十六の砲口がこちらを睨んでいた。船上で動き回る水手や兵士の姿にしてもとてもとても数えきれない。

その中で五十人ほどの兵士が銃の上げ下げや、並んで行進するなどの訓練を行っていた。

その姿に圧倒され茫然と見つめている二人を武者右衛門が叱咤した。

「お前ら、怖いのか、そんな顔して」

「いや、ちょっと——」

「いいか、あんなもん、白鷺だと思え。白鷺だ。あの白い股引《ももひき》、剣付鉄砲の尖った剣、一列に並んだ姿、奴らの団栗眼《どんぐりまなこ》までそっくりじゃねえか。どれをとっても全く白鷺そのものだ。恐れるな！」

異国の兵士が銃をささげて整列している。筒袖、釦《ボタン》付きの上着に下は洋式の白の股引だ。その様子はまるで水田に並ぶ白鷺のようだった。だがそう言って笑みを浮かべた武者右衛門の唇にしてもどこか青白く乾き、歪んでいた。

武者右衛門は異国船の進路を妨害する位置に船を進め、異国船との接触の機会を図った。間合はほんの瞬間だ。早すぎれば異国船の舳先に激突して軍船は砕け散り、遅れれば異国船を取り逃がす。

「いいか、我らは先頭の小さい方の船の舳先に突入する。政吉、異国船に近付いたら並走しろ。お前たちも必死に漕げ。忍藩に後れを取るな、大丈夫だな」

武者右衛門は水手たちを鼓舞した。船頭の政吉を始めかれらの形相も真剣だ。八丁櫓はギシギシと不気味な音をたて、これまで経験したこともないほどの速度で船は進んだ。

異国船は次第に後方から近付いて来た。船の速度は異国船の方が少し速い。

「綾部、早川、いいか、あの麻縄を摑め。船から垂れている麻縄を確保し、こちらの乗止め縄の鉤爪《かぎづめ》を引っ掛けろ。気を付けねえと異国船に引きずられて落水するぞ」

異国船の舳先や舷側には艤装の横木や杭が何本も突き出て、要所に鎖や麻縄が絡んだり垂れたりしていた。いずれも武者右衛門らの背丈より遥かに高い舷側で揺れていたが、一本の麻縄が横に突き出た柱から水面近くに垂れて揺れていた。

異国船が近付くとその舳先が引き起す波に煽られて、軍船は大きく揺れた。

異国船が起す波と海のうねりが重なった一瞬、

「今だ、やれ！」

二人はその麻縄の輪を捉えて乗止め縄の鉤爪を素早く引っ掛けた。

乗止め縄を支えていた早川五郎はその瞬間弾き飛ばされそうになったが辛うじて堪《こら》えた。縄は千切れるのではと思われるほど強く張り、軍船はぐいぐいと曳かれ速度を増した。

「よし、異国船を捕捉！」

武者右衛門は大声で叫んだ。

威勢は良い。だが、一体どちらが捕捉し、どちらが捕捉されたのか判らない。

二

軍船は異国船の舳先近く、一、二間の距離を保ってぐいぐいと曳かれた。異国船が舳先で引き起す波は質《たち》悪く、激しい巻き波と渦を繰り返している。そのため軍船は大きく揺れ、城太郎も五郎も乗止め縄の確保に必死で、政吉も水手らも異国船の引き起す波に翻弄され続けた。

言わば、巨大な鯨のさらに十倍も大きな獣に銛《もり》を打ち込み、暴れる巨獣に振り回されている小舟のようなものだ。軍船は異国船に引きずり回され、完全に制御不能に陥っていたが、それを政吉らが必死に櫓を操作し転覆を抑えていた。

間近に見る異国船は、この捕捉した小さい方の船ですら、見たこともない巨大な化け物だった。舷側からは牙を剥いた化け物のように不気味な大筒が顔を覗かせている。

どのようにしても上層甲板まではとても手が届かない。およそ二間の舷側が水面から城壁のように切り立ち手掛かりはなかった。

甲板から先ほどの兵科調練を行っていた大勢の兵士が顔を突き出し、盛んに何かを叫んでいた。

『ワイワイ、ガヤガヤ』

としか聞こえなかった。

もっとも、一言ひとことが聞こえたとしても、初めて耳にする異国の言葉が理解できるはずもなく、ただただやかましい騒音としか聞こえなかっただろう。

下層甲板に沿った全ての砲門は開かれ、既に点火薬の臭いが漂っている。

油断はならない。異国船は日本の軍船との戦闘準備に入っていた。

気付くと川越藩の他の軍船も異国船に接舷して乗り込みを試みようとしていた。忍藩の軍船四艘も二手に分かれ異国船に取り付いている。江戸湾北部からは浦賀奉行所の番船が御船印をたてて近付いて来た。

「おい、一番槍を取るぞ。他に後れを取るな」

武者右衛門はそう叫び、麻縄の捕捉とともに引き寄せられた太い鎖に飛び付いた。

動きは敏捷で逞しかった。かれは鎖の輪に足先を絡め、手元の鎖を握りしめてぐいぐい登り始めた。異国船が引き起す旋風に武者右衛門の陣羽織が大きくはためいた。太い横線柄に織り込まれた陣羽織の裾が一際派手になびいた。その姿はいかにも一番槍目指して城壁を登る戦国武将のように勇ましく、ほれぼれする男気に包まれている。

だが、船上の異国人はというと、めいめいが拳を振り上げたり、手で何かを指示したりしながら、相変わらず騒々しかった。しかもよく観察すれば、右手の杭につかまれとか、やれ左だとか言って指差しているようにも思える。顔には笑みさえ浮かべ、武者右衛門が伸ばした手が近くの横木に届かないと、誰もが残念そうに頭や手を振った。

どのように見ても殺気立った戦闘とはほど遠い緊張感のない気が辺りを包んでいた。

武者右衛門の手があと一息で甲板に届くと誰もが信じた時、手足をかけていた鎖が突然緩みだした。鎖はガラガラと不気味な音をたて水面に吸い込まれていく。

ずり落ち始めた鎖から武者右衛門を助けようと、政吉は武者右衛門の真下に船を差し入れようとした。だが、舳先は既に乗止め縄で異国船の舳先近くに固定され、船の自由は全く利かない。無理に異国船に近付けようとすると、こちらの船が大きく傾き沈没しそうな状況となった。

「武者右衛門様、早くこっちに飛び移って下さい」

早川五郎が必死の形相で軍船の麻縄を手渡そうとしたが、武者右衛門の手は鎖を摑んでおりその余裕がなかった。かれは緩み続ける鎖に逆らうように必死に上へ上へと登ったが、鎖の緩む速さの方が僅かに速く、ついに足が海水に浸かり、水圧によって後方へと流されだした。このまま海水に浸かってしまえば、異国船の引き起す水圧に負けて海中に引き込まれてしまう。

甲板からは大勢の水兵が体を乗り出し口々に何かを叫んだ。かれらは明らかに武者右衛門に声援を送っていた。

水兵の一人が麻縄を下ろそうとしたが、武者右衛門の体は既に膝近くまで海水に浸かってお り手には届かなかった。そのうち、武者右衛門の体は鎖ごと斜めに流され始め、腰近くで海水が激しく泡立ち始めた。

この状況で落水すれば、武者右衛門はものの一分も浮かんではいられないであろう。

武者右衛門の落水に備え政吉は印半纏を脱ぎ捨て、踏み板を手元に引き寄せ、海に飛び込む準備に入った。水手の一人は櫓を船から外し武者右衛門の直ぐ近くに差し出した。

誰もが武者右衛門の運命を悟った。

だが、ちょうどその時、幸運にも鎖は伸びきった。

武者右衛門は水圧で押し流される体を必死に堪えて再び鎖を登り始めた。眼の上には巨大な大筒の口が突き出ていて砲門が開いていた。

なんとかあの砲門に手が届かぬものか——。

だが、鎖を摑んでいる両手には痺れがまわり限界に近付いていた。手を離せばそのまま海の中へと真っ逆さまだ。

「これしきのことで海の藻屑になってたまるか——」

気を引き締め、さらに鎖の輪を二つほど進んだ時、武者右衛門は体が急に軽くなったことに気付いた。下を見ると政吉が御船印の先端で押し上げていた。

「政吉、お前何てことをする。大切な御船印を俺の尻に当てるな。大和守様の御紋に無礼であろう」

御船印には松平家の三葉葵の御紋が幟として掲げられている。

「これは藩のため。武者右衛門様のお命と一番御船印の使命の方が大切です」

政吉はいつも機転がきく。

「お前、上手いこと言うな。よし、もっと強く押し上げろ」

若い船頭や部下の言うことでも、理に適っていれば直ちに受け入れる。そこが武者右衛門の良いところで、いつも兄貴分的な気質が流れていた。

幸いなことに、川越藩の御船印は臼形のため頭は尖っていない。扁平な先端が上手い具合に尻に当たっていた。

「よし、その調子だ。あと一息押せ」

他の水手も手伝ったため、武者右衛門は舷側から開いた砲門の扉に取り付いた。

その瞬間、船上では水兵らにどっと歓声が沸き上がった。

「なんて五月蠅《うるさ》い奴らだ。見世物じゃねえ」

自尊心を傷つけられた武者右衛門は憮然とした。

だがそんなことには係わりなく甲板上は賑やかだ。危機を脱した武者右衛門への敬意というか驚きを込めて、水兵らは拍手喝采していた。

もっと正確に言えば敬意ではない。

異国船には舷梯《げんてい》という、いわゆるタラップが船の側面にあるにもかかわらず、わざわざ舳先の鎖伝いに命を張って登ってきた妙な日本人に対する呆れ顔だったと言えるだろう。

「どうも、妙な気分だ。俺たちは異国船に御船印を掲げるために攻撃を仕掛けているのに、なんでえ、あいつらの態度や手拍子は――。見世物じゃねえ」

武者右衛門は毒づいた。

かれは木製の砲門に手をかけて大砲によじ登ると、砲に跨《また》がって辺りを見回した。直ぐ下ではたった今まで乗っていた軍船が木の葉のように揺れ、政吉が必死に操船して揺れを抑えている。気付くと、この異国船の舷側中央に付いている梯子階段に別の軍船が取り付き藩士が昇り始めている。少し後方をゆっくりと進んで来る大船の方にも奉行所の番船が取り付いていた。

うかうかしていると一番御船印を取られてしまう。川越藩士にならまだしも、忍藩や奉行所の連中には負けたくなかった。

三

「おい、御船印をくれ」

武者右衛門は手を伸ばして御船印を受け取り、自分の肩から袈裟懸けに背負った。背負うといっても長さは八尺（二・四メートル）もあり、武者右衛門の背丈を遥かに超えている。

かれの羽織っている横線柄の派手な陣羽織といい、艶やかな御船印といい、どちらかと言えば祭りで派手な着物を着て演技する猿回しの猿にも似ていた。

武者右衛門は長い御船印を背負ったまま、大筒を足掛かりにし上層甲板へとよじ登った。

だが舷墻《げんしょう》の切れ目から甲板に体半分差し入れた時、突然、かれは四名の水兵が突き出した剣付鉄砲の切っ先に進路を阻まれた。いずれもえらく細長い槍の穂先のような武器だが、それでも見知らぬ武器というものは不気味なものだ。

刺されたら痛そうだ――。

武者右衛門は素直にそう思い、思わず目を瞑《つぶ》った。

目の前の剣先から目を逸らすと、船中央の梯子階段を同輩藩士らが昇り甲板に到達したところだった。この船への一番乗りは明らかにかれに越された。こちらは先に上層甲板にへばり付きはしたが、剣付鉄砲を突きつけられ身動きできる状態ではない。まるで潰れた蛙のような姿で、贔屓目に見ても颯爽《さっそう》たる一番槍の姿からはほど遠かった。

これでは子孫代々語り継ぐには余りにも惨めな姿だ――。

武者右衛門は己自身を奮い立たせた。

背負った御船印を手元に引き寄せると右手でしっかりと握り、四本の剣先を突き出している水兵を睨みつけ日本語で叫んだ。

「なんでえ、お前《めえ》ら。あっちは甲板に立っているじゃねえか。その剣先どけてくれ」

言葉は、いつの間にか江戸のべらんめえに変わっていた。意識しているわけではなかったが、いつもの癖で、自分を奮い起《た》たせようとすると、ついついべらんめえ口調となってしまうのだ。

武者右衛門は啖呵を切り、舷側中央の梯子階段の方を指差した。

剣付鉄砲を構えた兵士に日本語が通じるはずもなかったが、武者右衛門の発する気力は十分通じた。兵士らはその気力に一瞬引き込まれ、指差す方に一斉に眼を逸らした。その瞬間、武者右衛門は眼の前で交叉している剣先を御船印の石突きでひょいと上げて潜り、この船の舳先部分に向かって突進した。

それはほんの一瞬のことで、制止していた水兵にしても突然眼の前から日本の兵士が消えてしまった、というほどに素早かった。

舳先に向かって突っ走った武者右衛門は舳先の遣り出し檣の根元に飛び乗った。

遣り出し檣は異国船の舳先に取り付ける遣り出し帆（三角帆・ジブセール）を支えるための、舳先から前方に長く伸びた檣のことだ。速度を落とし後方から風を受けている今、この異国船の遣り出し檣に帆は張られておらず、その先には江戸湾観音崎方面が広々と見渡せた。足もとの遥か下では船の舳先が海水を左右に大きく切り裂き、波が白く砕け散っていた。

かれは遣り出し檣の根元で両足を肩幅に開き、そこで御船印を頭上高々と掲げて振り回した。それからデンと立てようとしたが、檣は太い丸太で、おまけに磨き上げられ、何度試みても御船印の石突きは滑ってしまった。そこに先ほどの水兵がやって来て御船印を取り上げた。

武者右衛門は拘束され、御船印も奪われてしまうものと覚悟した。

だが兵士らは意外にも檣の中央にある鋲の凹みを示して、そこに石突きを置き武者右衛門に御船印を抱えさせた。助けてくれたのだ。

御船印は異国船の舳先にデンと掲げられた。

武者右衛門はいつの日か江戸で見た芝居の役者のように大見得を切った。

「川越藩三崎陣屋詰め藩士、与力内池武者右衛門、一番御船印掲げたり」

この船でも、後方から来る大船の方でも、御船印はまだ掲げられていなかった。

「これは、これは、かたじけない。お陰さまで我が藩の一番御船印、掲げることができました」

武者右衛門は、助けてくれた水兵に向かって右手の指先をきれいに伸ばして膝に当て腰を折った。言わば敵船に攻撃を仕掛けていたのだから、礼を言うこと自体矛盾しているのだが、助けられたことに対する礼儀は忘れなかった。

もっとも、御船印はその後にやって来た上士風の男の命令で下ろされてしまったが、内池武者右衛門は異国船への御船印を一番で掲げることができた。

このどこか儀式めいた行動がどれほどの名誉なことであったか、現代の感覚では計り知ることができない。だが近代戦でも敵地に自軍の旗を立てることがその地の制覇の証しとなっていることを考えれば容易に理解できるであろう。

内池武者右衛門は異国船を停止させるべく船の先端に取り付き、鎖を伝い砲門を手掛かりにして甲板に上がったのであるから、まさに決死の覚悟での乗止めであった。

アメリカ海軍の軍艦と日本の軍船の接触は歴史上これが初めてのことであった。

そして武者右衛門が後に誇るように、『敵国』であるアメリカの戦艦に飛び乗り、御船印をその舳先に掲げたのも、近世史上、記録に残っている限り武者右衛門が初めてであった。

そして当然のことながら最後であったであろう。

クァピタンに会いたい

一

武者右衛門に続き綾部城太郎と早川五郎、それに船頭の政吉も甲板に登った。対岸から繰り出した忍藩からも同心後藤五八《ごはち》ら数名が乗り込んできた。

甲板に上がると、藩士らはたちまち異国の水兵らの好奇の眼に晒された。水兵らの眼に敵意はなく親しみに溢れていた。

異国水兵の関心は藩士が身に付けている刀や着物に集中した。

特に、綾部城太郎や早川五郎が腰につけている日本刀に関心は集中し、抜いて見せろと盛んに言った。だが、異国船での抜刀は固く禁じられていた。二人は断り続けた。

異国船上には小さな輪がいくつもでき、同様の光景があちこちで繰り広げられた。

少なくとも日本の言わば国境警備の兵士とアメリカ海軍の兵士という、人と人の接触もこの時が初めてであり、かれらは互いに強い好奇心に包まれながらも疑心暗鬼の渦中にあった。

「おい、お前たち、無駄口叩いている時間はない。船はまだ停まっちゃいねえ」

武者右衛門は藩士らに注意を喚起した。

異国船はまだ停止してはいない。ゆっくりではあるが江戸湾の奥に向かって確実に進んでいた。既に三崎の安房崎砲台前を通過し、剣崎の先端から雨崎沖に差し掛かっていた。

だが、どのようにして異国船に停船命令を伝えるか――。

川越藩の三崎陣屋には通詞はいなかった。従って、停船命令は言葉を介しない交渉で異国人に伝えなければならない。簡単な話ではない。

ほどなく船は観音崎の見える海域に差し掛かった。富津崎の細長い半島と岩礁群が見えだしたら『打沈め線』の危険地帯へは直ぐだ。

『乗止め検問線』で一の先となる藩士は異国船に対し『西洋文字尋書』という和蘭語の文字で書かれた文書の写しを示し、江戸湾来航の目的を確認、江戸湾からの退去を求めることとなっている。尋書の本紙は大津陣屋からの見届船が保有していた。

武者右衛門は懐《ふところ》の文書を確認すると右手の人差し指を頭上に掲げた。

「船長《ふなおさ》に面会したい。この船の一番お偉い人だ。いいか、この船一番のお偉方だ」

今度は人差し指で異国船の舷墻をトントンと突いた。

「この船のだ――」

もちろん、その程度の言葉で通ずるはずもなく、四囲の水兵はきょとんとした目つきで武者右衛門の指先と顔を見つめていた。

「ではなあ、これが二番目、これが三番目、そしてこれが一番偉い奴だ」

自分の指二本を示し次に指三本を示して見せてから、これらを折り畳み、再び人差し指を掲げた。周囲に居る数人の水兵が武者右衛門の真似をして人差し指を掲げたり、二本指を作ったりして頭を傾げている。

「こりゃだめだ――」

武者右衛門はしばし考えあぐんだ。

「全く焦《じ》れってえな。なんと言やあ通ずるんだ！」

かれは懐から尋書を出した。

「船長はどこだ？　これだ、こいつを手渡したい」

と、少々乱雑に叫び『西洋文字尋書』を掲げた。だが、その文書の表書きを見た水兵も皆首を傾げた。

「なんでえ、奴ら異国人のくせに異国文字が読めねえのか！」

武者右衛門は毒づいた。

「武者右衛門様、異国船の船長はカピタンではないですか。かわら版で読んだことがある」

政吉が横から口を挟んだ。

「おお、それ、それだ。加比丹《かひたん》だ、いや甲必丹《くあひいたん》かな。そのクァピタンに面会したい」

武者右衛門は、異国の言葉は発音や抑揚を少しでも変えないと伝わらないと信じている。そのため無理に発音を捻じ曲げた。口先まで曲げて妙な顔つきで発音を繰り返した。

「クウァ、クァカカッ、クァピタン」

武者右衛門は吃った。

カピタンはもともと葡萄牙《ポルトガル》語である。そのままアメリカの水兵らに通じるはずもなかった。

だが、かれらが口々に武者右衛門や政吉の言葉を鸚鵡《おうむ》返ししているうちに、発音が英語に近付いた。

一人の水兵が突然判ったと言わんばかりに指をパチンと鳴らした。

“Oh yes, it's a captain.”

「おお、それさ、クァッピタンだ。どうも言い難いな、このクァは！」

「武者右衛門様、連中は『キャッ天』って言っていますよ、クァピタンではなく。こいつはキャッて驚いて天を仰げば同じ言葉になりますぜ」

政吉の方がよほど耳は良い。

「キャッ！　天」

政吉はキャッと言ってから天を仰いでテンと言った。

その発音に横の水兵が大きく頷き、政吉の肩を叩いた。

だが武者右衛門はクァにこだわった。発音するごとに唇を妙に曲げ、奥歯に物が挟まったような妙な顔つきをした。

数人の水兵がやっと納得した風情で、武者右衛門の服の袖や襟をつまんで異国船後方へと引き連れて行った。

川越藩主松平大和守の使者に対する応接ではない。

武者右衛門は水兵の手を払いのけた。

「これが松平大和守様の使者に対する態度クァ！　無礼じゃねえか。いいクァ、クァピタンのところだ」

かれは水兵に念を押しながら口をモグモグさせて怒った。

肩で風を切り大股で歩いているが、武者右衛門は五尺少し、水兵らは皆堂々たる六尺だ。どのように見ても大人と子供ほどの違いがあり迫力負けしていた。

水兵らに連れられて武者右衛門らがやってきたのは船の艫にある屋形だった。

二

屋形の入り口には、剣付鉄砲を構えた兵が二人佇立していた。

しばらくすると、水兵の案内で屋形からカピタンが姿を現した。年の頃は五十歳。釦付き筒袖服の随所に金色の房が垂れ、威厳に包まれている。

「クァピタン殿。私は、武州川越藩藩士、与力内池武者右衛門と申す。藩主松平大和守様のお使いとして本日この書面を受け渡しに参った」

武者右衛門は口上を述べると、手にした『西洋文字尋書』をカピタンに示した。もちろん、この尋書が通じるものと思い込んでいる。多くの日本人にとって異国の中心は和蘭であり、他の国に対しても和蘭語を示せば全てが通じると信じていた。しかも、武者右衛門らには和蘭語と英語の違いもよくは判っていなかった。

大坂の適塾で蘭学を学んだ福沢諭吉が、横浜で和蘭語が通じないことを知って唖然とし、世界の共通語が英語であることを悟るのは、この武者右衛門らの時代から十三年くだった安政六年（一八五九）のことだ。武者右衛門が異国船と交渉しようとしていた弘化三年（一八四六）という年は日本の開明期の助走が始まる前なのである。

武者右衛門が乗り込んだヴィンセンス号の艦長はハイラム・ポールディング。ビッドル提督座乗のコロンバス号とはオランダ領バタビヤで落ち合い、協力して澳門、広東、上海などでの中国任務を終えた後、日本での任務についていた。

艦長は顔に笑みを浮かべると、武者右衛門に一歩近付き右手を出した。だが手を差し出された武者右衛門に異国人との挨拶など経験はない。どのようにしたものか、右手を出したり引っ込めたりして、自分の腰の辺りでふらふらさせてから、日本で上役に挨拶する時と同様に両手を膝に当てて丁寧に腰を折った。

「船長殿、いや、クァピタン殿、我らはこの船の乗止め検問に参った」

艦長はキョトンとした目で武者右衛門を見つめた。日本語がこの艦長に通じるはずもなく、尋書の意味も通じてはいない。

「妙だな、クァピタンのくせに文字が読めねえのか！」

武者右衛門は再び首を傾げた。

大津陣屋からの指示では『西洋文字尋書』を示せば停船すると言われている。

言葉が通じない以上、残る手段は一つ。

身振り手振りで停船を伝えざるを得ない。かれは意を決すると、政吉が頭に巻いているねじり鉢巻きを解き、一度広げてから次にクルクルと巻いて見せた。

かれの四囲にはヴィンセンス号の水兵の他、川越藩や忍藩の藩士、浦賀奉行所の役人など全員がそろい、武者右衛門の一挙一動を注視した。

「あの帆をこうやってだな、巻き上げて船の錨を下ろすことを求める」

かれは船の帆を指差して巻き上げるように伝えた。だが、これがまた通じない。

近くにいた数人の水兵が武者右衛門の真似をし、自分たちの首の回りを包んでいた赤や白の風呂敷状の布をクルクルと巻いて首を傾げた。

「ええい、焦れってえな。そうじゃねえよ。あの帆を巻き上げ、停船しろってんだ」

武者右衛門の言葉は再びべらんめえ調に戻った。

かれは自分の陣羽織を手早く脱ぎ広げたが、陣羽織は手元でひらひら揺れて実感がない。すると政吉が甲板に膝を突き、下から陣羽織の裾を指でつまんで風をはらませた。

「いいかい、これが帆だ。あのでっかい帆」

かれは陣羽織に風をはらませ、ヴィンセンス号の帆を指差した。次にそれをくるくると巻いて見せた。かれの指先は再び船の巻き上げてある帆を差した。水兵たちは口々に何かを叫んで主帆を指差した。

「そうさ、あれをこうやって巻き上げろって言っているんだ」

不思議なことに、通じない言葉と演技で意思がどうにか通じ始めた。

艦長は自分自身を指差して指三本を示した。それから後ろをゆっくり進んで来る大船を指差して指一本と二本を示した。笑みには人の好さが溢れている。

「向こうの大船に一番と二番の大将がいるってのかい」

艦長は何やら異国語で言ったがよく判らない。大船に一番と二番の船長がいるということは大船からの命令がいるということだ。先ずは大船を停止させなければならない。

「よし、判った。向こうの大船の下知が必要なのだな」

まるで武者右衛門の言っている言葉が理解できているかのように艦長は何度も頷いた。

時間の余裕はなかった。武者右衛門はこの異国船に横づけしている川越藩の伝馬舟に命じて、直ちに停船命令を大船から出すように伝えさせた。

三

一見平和に思える江戸湾の中を両船はゆっくりと奥に向かって進行していた。

浦賀湊から繰り出した奉行所の見届船が御船印を立て、船に接舷している。

異国船との交渉は幕府直轄の浦賀奉行所の役目で、奉行所与力筆頭の中島清司《なかじまきよし》が数人の配下と通詞・堀達之助を従えて停船を求めているはずだ。異国人との意思の疎通はこちらより遥かに良いはずだが、大船にしても一向に停船する気配を見せてはいなかった。

危険地帯である『打沈め線』へと突入するのももはや時間の問題だった。

観音崎を始めいくつもの台場からは狼煙が昇り不気味にたなびいている。

台場は点火準備が整っていた。

武者右衛門は焦った。言葉が全く通じないことに苛立っていた。大船からの命令を待つ時間の余裕などない。戦闘を回避するには一刻を争う。

「船長殿、いやクァピタン殿」

武者右衛門は再び顔に硬い表情を浮かべて艦長を見上げた。

艦長はにこやかに笑みを浮かべ、この先に待ち構えている危険に気付いてはいない。

だが、かれは武者右衛門が何かを伝えようとしていることは理解した。

「あの岬を見てくれ。あの岬だ」

武者右衛門は、観音崎と富津崎を指差し、ヴィンセンス号の甲板に備えられている大砲を指差した。そして、甲板にしゃがみ込むと懐紙を広げた。

「クァピタン殿、これが観音崎でこっちが富津崎だ、そして、ここを結ぶ線が『打沈め線』」

懐紙に観音崎と富津崎を書き入れ、それらを破線で結ぶと、両方の岬に大筒らしきものも書き入れた。絵は下手くそだ。

「この線を越えると、その大筒がズドーンと撃ち込まれる」

　武者右衛門は船の備砲に近寄り、合わせていた両手の拳をパッと開いて破裂する様子を示した。

「ズドーンだ」

　こうして日本語で説明はしているが、基本は擬音を交えた無言劇だ。

　何とか意思を伝えようとして身振り手振りを交え、顔の表情まで変化させて熱演した。艦長を始め水兵までが武者右衛門の一挙一動を注視した。

「つまりだな。もしも、この線をお前さんたちの船が越えたら、大筒がズドーン、それを合図に我々藩士は皆、この刀を抜いてお前さんたちに斬りかかるぞ。そして、最後に俺たちは全員こうやって腹切りだ。俺たちは死ぬ覚悟でこの船に乗っている」

　武者右衛門は自分の腹に小刀を当てて腹を切る真似をした。

"Oh, hara-kiri, no, no, no——."

「そうさ、腹切りだ。腹切りは判るのか——。俺だって腹を切りたくないし、お前さんたちを斬りたくもない。だが、一刻を争うんだ。ちょいとそいつを貸してくれ」

　艦長から遠眼鏡を取ると観音崎の台場に焦点を合わせて艦長に手渡した。

「ほれ、あれを見ろ。我が藩の台場だ」

　観音崎の砲台では三貫目玉の大筒三門と二貫目玉、三百匁《もんめ》玉七門の砲口がこちらを向いている。三貫目玉は二十四ポンド弾にあたり、約十一キログラムの砲弾を発射する。飛距離は三キロメートルに及ばない。各砲の背後には川越藩の大筒方の藩士が詰めており、そのすぐ脇では篝火《かがりび》が燃え盛り、焼き玉を作っている様子が判った。焼き玉は真っ赤に焼いた鉄球を敵に撃ち込み火災を発生させるための砲弾だ。

命令一つで火蓋が切られるのは明らかであった。

「クァピタン殿、打沈め線を越えてはならない」

武者右衛門は懐紙に書き入れた打沈め線に船を書き入れ、大筒からの砲弾を弧を描いて着弾させた。

観音崎と富津崎を結ぶ『打沈め線』を越えると、各岬の砲台は一斉に砲に点火、異国船には両岸から砲弾が飛んで来ることになる。その時間は刻々と迫っていた。

『砲弾が届く、届かない』の問題ではない。

江戸湾全体に配備している大筒の数は三百目《め》の小口径砲を含めわずかに七十門程度しかない。これに対して、二隻の異国船の大砲の数は合計で百十門に及び、砲の口径も飛距離も格段に大きい。異国船の方が遥かに強力な近代兵器で固められていた。

だが、『打沈め線』が厳然と敷かれている以上、異国船がここを越えた時には日本側の全ての大筒が一斉に火を噴くこととなる。そして当然ながらこの異国船の大砲もこれに応じて一斉に点火されることとなるであろう。両国で砲撃合戦が始まれば、異国船上にいる武者右衛門ら防備の藩士は砲撃に呼応して抜刀し船上の異国人に斬りかからねばならない。だが、船上にいるのは川越藩と忍藩の藩士それに数名の浦賀奉行所の同心らで、合わせた人数は船頭らを入れても三十名に届かない。これに対してこの船の水兵は甲板に姿を見せている者だけでも百名を超えていた。

　もとより、討死は覚悟の乗船であったが、武者右衛門らに与えられている命令はあくまでも異国船を停止させて穏便に収めることであり、戦火を交えることではない。

　砲火を交える事態となった時、川越藩は幕府から与えられている使命の大方を失敗したこととなる。そのことの重要性を理解しているがゆえに、武者右衛門の顔つきや身振り手振りには、川越藩の命運を背負った懸命さと、自身の生死を懸けた真剣味が溢れていた。


　武者右衛門の必死の演技は、漸く艦長に通じた。

　艦長はことの急を察知し、銀製の大きな漏斗状の拡声器を手にして機敏に命令を下し、同時にコロンバス号へ旗旒信号で緊急連絡を発信した。もちろんその場に居合わせている武者右衛門らには艦長が何を命令しているのか皆目判らなかったが、拡声器を通して命令される言葉は短く簡潔だった。

　艦長が一言命令を発すると、直ぐ横に立っている副長が大きな声で復唱した。すると甲板上に呼び子が鳴り響き、水兵たちが一斉に走り回って帆綱を引き入れたり緩めたりし、また別の水兵の一群はまるで猿のように素早く綱梯子をよじ登って瞬く間に檣の上に登り、次々に巻き上げた帆を横桁に固定した。どの水兵の動きも厳しい訓練によってのみ達成される敏速で整然とした動作だった。

『美しい――』

そのように思わせるほど統制の取れた無駄のない作業ぶりだ。

武者右衛門も政吉もただ呆然と水兵らの作業に見とれた。

後方の大船の甲板でも水兵の慌しい動きが手に取るように見えた。やがて、船の舳先でガラガラと大きな音がして錨が水中に落とされ、両船は野比海岸の沖で漸く停船した。

船が完全に停止すると、艦長は武者右衛門の肩を軽く叩いて笑みを浮かべた。

『君は何と素晴らしい役者なのだ――』

とでも言いたげに艦長は自分の握り拳をパッと開き武者右衛門の真似をしてみせた。互いに言葉の通じない中で絵と演技で意思を伝えた武者右衛門を称えているようであった。

異国人に『停船』の意味を伝えられないという、たったそれだけのことで一つ間違えば戦になっていた。そして戦となれば藩士はもとより多くの民が傷つき斃れることとなる。

武者右衛門も胸を撫で下ろして、ふと陸に眼を移した。

すぐ目と鼻の先には千駄崎、千代ヶ崎、そして観音崎と岬が折り重なるように連なっている。対岸の富津崎はまるで江戸湾を封じようとするかのように、湾の中央部に向かい細長い岬と岩礁を突き出し、海面から規則正しく不気味な岩肌を覗かせている。

左舷側には広大な三浦の浜が広がり、点在する漁師の小さな家々から人々が飛び出し、沖合に停まった異国船を眺めたり、走り去ったりする様子が手に取るように望めた。

風に乗って半鐘の音が陸の各処から鳴り響いてくる。

慌しく防備に当たる藩兵の姿も海上からは遠い別世界のことのように映った。

ケシ坊主男

一

剣崎から野比村に向かって長い弧を描いた美しい浜が広がっていたが、その先には『あしか嶋』の岩礁群が真っ黒な岩肌を覗かせていた。岩礁はそのまま海底に隠れて江戸湾への航路を阻害するほどに中央にまで突き出ており、不気味なことこの上ない。これらの岩礁群は富津崎から伸びた岩礁群とともに江戸湾の天然の要害となっていた。

ポールディング艦長の指揮するヴィンセンス号はそのあしか嶋の少し手前に停泊し、これより二百メートルほど房総側にコロンバス号が停船した。

異国船との戦闘は辛うじて回避することができたが、これで異国船騒動が無事に解決したわけではない。

内池武者右衛門には検問という大役が残っていた。

異国船の保有する武器の把握と全ての武器を接収し、出帆まで日本側で預かるという重要任務であった。そしてこれらの難題を武者右衛門は通訳なしで異国人に伝え実行しなければならない。

異国船側が日本側の対応に腹を立てるか悪意から突然銃口を藩士に向けて拘束したり、異国の武威を誇示するために、陸の台場に向かい大筒に点火したりするかもしれない。

少なくとも風説書によってもたらされる西欧の植民地主義の姿は、日本にとり決して油断のならないものであった。


気付くとポールディング艦長が笑みを浮かべて武者右衛門の横に立ち、胸に掌を当てると安堵したとでも言いたげに大袈裟にため息をついた。それから、横に立っている上士風の男から手紙様のものを受け取り武者右衛門に示した。

文書には横文字が隙間なく並んでいた。もちろん武者右衛門に判るはずもない。艦長は横文字の書類を開き盛んに何かを伝えようと話しかけてきたが、文書の内容を伝えることは、掌を開き破裂弾を表現するのとはわけが違う。

「クァピタン殿、私には皆目、判らない――」

武者右衛門は盛んに首を傾げた。

艦長は両腕を大きく広げ、両肩の間に首を引っ込めて左右の眉毛の先を下げた。

日本人には異国人は怖いものという先入観がもともとあり、赤鬼、青鬼の印象を拭えていない。金色や赤色の髪を振り乱し、高い鼻と鋭い目の異様な顔、体中深い毛に覆われた野獣のような男という印象だ。その赤鬼が眉毛を下げ悲しそうな目つきをしていた。

そうした表情が意外であった。

少なくともこのクァピタンの人の好さは顔いっぱいに表れていた。

武者右衛門がふとそんな親しみをこの異国人に懐《いだ》いた時、突然艦長は武者右衛門に向かい、両手をパンと打ってから人差し指を左右に振った。

何かを思い出したらしい。艦長が横に控えていた上士に何かを命じると、上士も大きく頷いて船の下層甲板へと駆け下りて行った。

ほどなくして上士は三人の妙な男たちを伴って現れた。

風采が異様だった。

男たちは頭全体を剃り上げているのだが、単に剃っているだけなら日本の坊主も医者も同じだ。だが、この男たちは後頭部の髪のみを三、四尺の長さに伸ばして三つの束にして編み、これを頭頂部で蛇のとぐろのようにくるくると巻いて収めていた。男の顔つきも服装も、赤鬼、青鬼の異国人のそれとも大いに違う。背も低く眼も細かった。

男の一人は艦長と武者右衛門の前に出ると、右手の握り拳を左手の掌で包むように両手を合わせそのまま腕で輪を作るような仕草をし、その輪を額まで掲げて頭と同時に下げて挨拶した。妙な挨拶だ。観察すると男の口元には細く頼りなげな髭が長く伸びていた。

後ろに控えていた別の男の手には日本の菜っ葉庖丁の四倍もあるかと思われる庖丁と猪の足のようなものが握られている。厨《くりや》から直接やって来たに違いない。男の風采といい、妙な庖丁といい、不気味なことこの上なかった。

それを見て、男の直ぐ横に立っていた忍藩の後藤五八が思わず後ずさりした。

五八はもともとひどく気の弱い男だった。川越藩との合同調練やその後の酒席ではいつも他の藩士の陰に隠れて目立たない存在であった。だが、時々発する言葉やものを見つめる観察眼が特異で、武者右衛門はこの男に好感を持っていた。そして五八も武者右衛門には他藩の上役ながら兄貴分のような親しみを感じていた。

生肉の匂いが辺りに漂うと五八は顔を歪めた。手元の大きな庖丁で自分自身が料理されてしまうのではないかという恐怖が顔に浮かんでいた。かれはさらに数歩下がり、武者右衛門の陰から顔だけを突き出して男たちをじっと観察した。

「妙な髪形をしておるな、まるでケシ坊主だ」

頭の天辺で髪を留めた幼児の姿をケシ坊主と言う。三人の奇妙な男たちは、頭全体を剃り上げている分、さらに芥子《けし》の蒴果《さくか》によく似ていた。

だが、よくよく考えてみれば武者右衛門や五八の頭頂部にちょこんと乗っているチョン髷も異国人にすれば妙な髪形としては大同小異だ。

あちらがケシ坊主であるなら、こちらの頭頂部は『蒲《がま》の穂』と言われても仕方ない。中国人ならさしずめ『香腸《ソーセージ》』が頭に乗っていると言って揶揄するだろう。

しかし、武者右衛門も五八らも一向にそのことに気付いてはいなかった。

どうしても異国の文化の方が奇異に映った。

二

　そのケシ坊主男の一人が武者右衛門につかつかと近付いてきた。

　何事かと身構えると、男は口元の細い髭を上下に揺らして顔いっぱいに人懐っこい笑みを浮かべた。細い眼がさらに細くなり目尻が大きく下がった。

「ニ・イ・ハ・オ」

　男はそう言って、懐紙のような紙片と白い箸のようなものを取り出し、武者右衛門に押しつけるように手渡した。武者右衛門がそれを落とすまいと慌てて受け取ると、男は再び懐に手を差し込み、何やらゴソゴソと探り始めた。落ち着きのない男だ。

　男が漸く懐から手を抜き出した時、直ぐ横にいた綾部城太郎が思わず刀の柄に手をかけた。男の手には抜身の小刀が握られていたのだ。

　だがケシ坊主男は余裕の表情でニヤリと微笑んだ。

「シンペイアルカ、ナイカ?」

　妙な言葉だが日本語か――。

「ワタシ、ナカサキ、イタネ、ニッポンコ、スコシ、スコシ」

「お主、長崎にいただと? こいつは都合が良い」

「オニイサン、チィエンピ、チョウダイナ」

男は武者右衛門の手から先ほど押しつけた白い箸状の棒をヒョイと取り上げた。陽にかざした小刀の刃先が不気味に光った。男は何やら日本語らしき言葉をぶつぶつ言いながら箸の先を鋭角に削りだした。何を言っているのかはさっぱり判らない。まことに奇妙なことをする男だ。

箸の中心部から黒い炭状のものが顔を出すと男はそれを紙に当て、さらさらと漢文を書いた。驚いたことに、なかなかの達筆だ。

『是鉛筆』

かれは近くにいた政吉にも文字を書いて示し、

「チョイト、オニイサン、コレネ、チィエンピヨ」

と、お前たち『鉛筆』を知らないのかと、男は両手を腰に当てて胸を反らせた。この男の横のもう一人の男の握った猪の足から妙な臭いが漂ってくる。

「ちょいとお兄さん！　だと――、この男、長崎の丸山あたりで客引きでもしていたんじゃねえですかい。これじゃ武者右衛門様も俺も遊郭の客だ！」

政吉は不快感を露わにした。だが男は終始ニコニコ顔をして愛想が良い。

「ワタシ、ニッポンコ、スコシスコシネ、コレ、ツカウ、イイカ、ワルイカ」

男はたった今削った棒状の炭でさらさらと文字を書いた。

『我姓陳、南京人』

「お主、南京人で陳という名前だと！　漢語でやり取りできるならこいつは好都合だ」

武者右衛門は喜んだ。陳は腰に両手を当てたまま頷いている。どうも態度が尊大だ。

政吉はその点が気に食わない。

「どうも頼りねえな。だって、ニッポンコ、スコシスコシ、ですぜ」

政吉は直ぐに男の物真似をした。勘所を摑んでいて実に上手い。

「まあ、そう言うな。漢語を解せるのならこいつは通詞に良い」

陳はニヤリと口元の細い髭を揺らした。

「ちょいとその箸貸せ！」

武者右衛門は陳から鉛筆をヒョイと取り上げた。

先ほどの復讐だ。

鉛の筆というこの箸には、筆のような滑らかさも流れるような筆の運びもない。だが水も不要で携帯には便利だ。

『我姓名内池武者右衛門、是川越藩藩士、相州三崎詰与力哉』

陳は、武者右衛門が書いた文字を指で追ってから、横に書き加えた。

『川越藩。是不是藩屏』

陳には、藩が王室を守る諸侯であることは判ったようだ。屏は垣根、石垣の意味である。有力部族の警護兵士であることはどうにか通じた。

『好、我們運氣好』

満面の笑みの中で細い髭が震えている。

異国船上での言葉のやり取りはこの南京人陳と演技巧みな武者右衛門にかかっている。二人のやり取りを艦長や藩士らが興味津々に見守った。

武者右衛門は異国船検問の基本的な質問に入った。

『貴殿之國名如何。乗員如何』

「コレネ、ヤーメリチャンフネ」

陳は『亞美利堅軍艦』と書いた。日本では亜米利加と表記するが互いに意味は通じた。

「亜米利加船だと！　エゲレス船ではないのか」

武者右衛門はその意外な国名に驚いた。

日本が敵と警戒する異国船は主に英国とロシアのものであった。これまで亜米利加国の捕鯨船や商船は来航していたが軍船は初めてである。

陳の通訳ではこの船には亜米利加人士官が五名、水兵水夫が合計百五十名以上も乗船しているという。士官とは上士のことであろうとは想像がついた。さらに、噂話に耳にしたことがあった色の真っ黒な男が何人も乗っている。このように真っ黒な人間を眼にするのは初めてだった。陳の説明ではこれらの黒人は水夫と楽隊そして雑役として乗り込んでいるのだという。陳を始めとする南京人は三名で料理人だった。

『蘭地花旗軍船水手百五十余人』

と武者右衛門は記録した。『蘭地花旗』は星条旗の意だ。紺地に星の旗は『蘭（紫色）に花柄の旗』と日本人には見えた。

陳は船の名前と船長の名前を言ったが、なかなか聞き取ることができない。

何度もやり取りした後に、この小さい方の船はウイシセンスで船将はホウレ、大きい方の船はコンスヒュスで船将はヒッテン提督と判明した。

日本人の耳にはコロンバスはコンスヒュス、ヴィンセンスはウイシセンス、ポールディングはホウレと聞こえ、そしてビッドルはヒッテンと聞こえた。

武者右衛門と陳が繰り広げる筆談と会話を見て、他の藩士や奉行所の同心も、それぞれ懐から矢立てや懐紙を取り出して、別の南京人たちを取り囲んだ。

「武者右衛門様、こいつら、あちらの大きい方の船には水手と兵が合計八百人も乗っていると豪語している。その南京人にも質《ただ》してくれませんか」

綾部城太郎が異国人の輪から首を伸ばして叫んだ。

「ワタシ、ウソイワナイヨ！」

『大船上有八百人、大炮九十多門』

陳はそう書いてから胸を張った。

大袈裟な、嘘だろう。八百人に大筒九十門だと！　我らを脅かすつもりか――。

誰もがそのように考えた。日本人には俄《にわ》かには信じられない数だったからだ。

日本で普及していた千石船の排水量は漸く百トン程度である。日本最大の船が千五百石船、つまり百五十トン程度でしかなかった。これに対して武者右衛門らが乗り込んだヴィンセンス号が七百トン、コロンバス号は二千トンを超える巨大戦艦だった。

三

漢字で意思の疎通ができたことで自信を持った武者右衛門は直ちに任務に入った。

これからが本番だ。武者右衛門は甲板に並ぶ大筒を指差した。そして、一度ぐいと顎を引き締めると鉛筆と懐紙を手にした。

『在亞米利加國、礼儀有無哉。大筒非礼成』

亜米利加国には礼儀というものがないのか。日本国に渡来するに当たり大筒など武威を備えてやって来るのは無礼であろう、と伝えたかった。

幕府の指示では、日本に来航する異国船からは全ての武器、弾薬を預かるという規定になっていた。大筒の接収は武者右衛門らの使命であった。

陳は直ちに、

『有、有禮。大炮、不必害怕』

と応じ、大筒は心配いらないと書いた。

大筒が危害を及ぼすかどうかを心配しているのではない。海防掛や奉行所との『警備取計方条々』に従い大筒の撤去を求めているのだ。武者右衛門は要求を重ね、問題の重要さを示すために懐紙に大書きした。

『我要求大筒移動、撤去大筒』

すると、陳は無礼にも鼻でフンと嗤《わら》った。

「コレネ、イッパイ、オモイヨ！」

と、武者右衛門を小馬鹿にしたような笑みを浮かべた。大筒を取り外すなどできやしない、何を馬鹿なことをとでも言いたげだ。

武者右衛門は腹立たしさを抑えて要求を重ねた。

すると、陳は突如大筒を指差してから腰に両手を当てて踏ん反り返った。

「ウゴク、ウゴカナイ、ニイサンヤッテミ！」

厭なことを言う奴だ。

笑みを浮かべた南京人の顔はふてぶてしく、開き直っていた。

「ニッポンフネ、チイサイネ」

『必沈』

と、今度は陳が懐紙に大書きした。

馬鹿にしやがって！

武者右衛門は川越藩与力としての自尊心を傷つけられむっとした。

それだけではない。胸を張って踏ん反り返っている南京人の態度が何とも憎々しい。おまけに大筒の移動には百日かかるだろうとも言った。実に腹立たしいことを言う男だ。

江戸湾に勝手に侵入しておきながらなんとも図々しい——。

だが、冷静に考えれば、この両船に備えられている全ての大筒を預かるとなると、この男の言う通り想像を絶する作業が待ち受けている。甲板上を移動できたとしても、揺れ動く海上で巨大な鉄の塊を日本の『小さな軍船』に降ろす作業など経験がない。麻縄も切れてしまうかもしれない。この巨大な大筒を小さな軍船に積み込めたとしても、ちょっとした高波で簡単に浸水し沈むかもしれない。さらに一度取り外し預かった巨大な大筒を、次に陸から再び異国船に戻すとなると、一体どのようにして積み込むのか。百日かかっても積み込むことなどできないだろう。男の言う通り確かに不可能な話だ。

なにしろ、異国側の大筒の数は両船合わせて百十門もある。

異国船には一刻も早く江戸湾から出て行ってもらうことが優先される今、大筒の取り外しと取り付けに百日も二百日もかけるわけにはいかない。

幕府の海防掛はなんと非現実的なことを決めたのだ——。

武者右衛門は心底憤った。

だが、だからといってこちらの要求を引っ込めるわけにもいかない。

こちらはお役目として異国船を乗止めし、検問している立場だが、相手は検問を受けている立場だ。言わば取調べる側と取調べを受けている立場という大きな違いがある。

南京人の陳には、その立場の違いが全く理解できていない。本来であれば検問を行う武者右衛門らに対して、もっと『畏まる』態度を示さなければならない。

日本の廻船への検問であれば水手らは全員土下座と決まっているではないか。

それが、この南京人は逆に踏ん反り返ったり、腕を組んだりと態度が実に横柄だ。

『小癪《こしやく》な奴め――』

武者右衛門は心底腹を立てた。

だが、その腹立たしさを伝えようにも筆談は実にまどろっこしかった。口頭でなら直ぐに反論できることも、この南京人に判りやすいように一々漢字に直さねばならない。陳の変てこな日本語や、あの『チョイト、オニイサン』を耳にし、どの漢字で表すかを考えているうちに、高揚した気持ちも醒め激昂した感情も萎えてしまった。

その点、陳の方が有利だ。

「シカタナイ、アキラメル、イイ」

そして気楽だ。

陳は何の使命を受けているわけではなく、この船の単なる料理人だ。

「諦めろだと、何を言いやがる。こちらはお役目、そう簡単に引き下がれるか！」

武者右衛門の言葉を聞いて、陳は一瞬にやりと意味深長な笑みを浮かべた。

『那儞把儞的刀卸下交給我如何』

と、さらさらと書いた懐紙を武者右衛門に突きつけた。

大砲の撤去を要求するなら、儞《なんじ》も腰の刀を外したらどうだ、と逆襲している。

冗談ではない。こちらは異国船乗止めのお役を受けてこの船にやって来た、松平大和守様配下の与力だ。それを異国船上で無腰になれなど、とんでもないことを言いやがる。

武者右衛門は無性に腹が立ってきた。

「馬鹿言っちゃ困る。刀は武士《もののふ》の魂、腰から外すことなどできぬ！」

武者右衛門は陳の話を突っぱね、そして、

『刀剣是武士魂哉』

と懐紙に大書きした。

すると陳は、したり顔で嫌らしい笑みを浮かべた。

「チョット、マッタ、マッタ」

陳はそう言いながら武者右衛門が書き示した『武士魂』の横に、

『大炮是亞米利堅海軍魂』

と書いて、どうだ参ったか？　という顔つきをした。

刀が日本武士の魂なら、大砲はアメリカ海軍の魂だと！

論理は整然とし、かれの顔には余裕すら現れている。

だがこうも理屈をこねられると憎らしさが先に立つ。口元で揺れている髭まで憎い。

「何を言いやがる、お前ら今どこにいると思っていやがる――」

腹立たしさで頭頂部が急にカッカしてきた。

武者右衛門は陳から鉛筆と懐紙をグイと取り上げ必死に筆記した。武者右衛門の逆襲だ。

「ここ江戸湾は日本じゃねえか――ええ？」

『爾軍船停泊日本國江戸灣哉』

お前らは日本国の江戸湾にいるだろう、だから日本側に従えという論理だ。

「チョイト、ソレ、ダメダメヨ」

陳はそう言って掌をひらひらと横に振った。それから艦長と言葉を交わし、何かを確かめると急に胸を張った。

「ココ、ヤーメリチャンヨ」

と陳は艫に掲げられている亜米利加の国旗を指差した。

「お前、何を言いやがる。江戸湾は日本国じゃねえか！」

「オニイサン、イマドコイルカ。ヤーメリチャンハイチンフネウエヨ」

陳の言うハイチンとは海軍のことだ。

「ハイチンフネウエ、コレ、ヤーメリチャン。ワカル、ワカラナイ？」

陳はそう言って武者右衛門の手から鉛筆を引っ手繰った。

『在亞美利堅國的海軍軍艦上就等於在亞美利堅』

南京人は小憎らしいほど頭の回転が速い。亜米利加海軍船上は亜米利加である、これは万国共通の条例であり、万国公法であると言った。そして、こんなことも知らないのかとでも言うような目つきで武者右衛門の顔を覗き込んだ。

万国公法など持ち出されても武者右衛門に判るはずがない。

日本は今漸く開国への道に入りかけたところだ。武者右衛門にとって御国は川越であり、幕府が統括する日本という御国を束ねた少し大きな概念があるだけである。その外に英国を始めとする油断ならない異国がいくつかあることは知っている。だが、世界も万国も概念として存在していない。

武者右衛門は次に発する言葉に思わず詰まった。

『万国公法など知るもんか、勝手にしやがれ』

武者右衛門は内心毒づいたがどうにもならない。かれの口からはため息とも呻き声ともつかない疲労に包まれた声がこぼれた。

その時、二人の会話を観察していた艦長が陳を手招きした。

「カンチョウ、イウ、モウヤメタ」

陳の通訳ではよく判らない。だが全ての決定権は大きい船の提督が持っているので、議論は無駄だと言っているらしい。

武者右衛門にしても、この船の武器保有の実態把握と接収を命じられているが、最終判断は浦賀奉行所がする。議論は無駄であった。

武者右衛門はこの異国船の武器の状態を把握することを優先するよう藩士らに伝えた。

無外流居合術

一

ヴィンセンス号船上は少し前とは打って変わり、日本と亜米利加の友好ムードに包まれていた。甲板の各処で、三人の南京人を中心とした三つの大きな輪ができ、南京人を介した筆談で話が盛り上がった。

忍藩藩士の後藤五八が懐紙に、『孔子』と書くと、南京人は直ちに『是万國聖』と応え、四囲の藩士から歓声が起きた。大方の会話は単純だ。結婚しているのか、お前の歳は幾つだ、それにしては若いとか、老けて見えるとか互いに言い合った。

陳などは長崎で見た日本の婦人に、眉を剃り、歯を黒く染めている女がいたがなぜか、と武者右衛門に訊ね、結婚している証しだと知ると、日本は聖国だと称えた。

艦上では他愛ない内容の筆談が繰り広げられ、川越藩士と亜米利加水兵の双方から相槌を打つ歓声が上がった。

小さな輪の一つでは先ほどから綾部城太郎が、この船の水兵を相手に身振り手振りでの会話に悪戦苦闘していた。周囲には白人の士官らしき男や水兵が集まっている。

かれらは城太郎の腰の刀を見つめ、触れようとした。日本の武士が剣付鉄砲の構造に関心を寄せるのと同様に、かれらは日本の刀に強い興味を示した。剣付鉄砲はどれも同じ色、形で同じ構造をしている。だが日本の兵士、サムライと言われている男らの腰に下げられている日本刀はそれぞれ、長さ、反り、飾り紐、色彩など、所謂拵《こしら》えが一様ではない。

特に綾部城太郎が腰につけている刀の鞘は見事な朱色で美しい。そのため士官や水兵の関心は城太郎の刀に集中した。

異国の士官は実に見事な海軍の服を身に付けている。どの士官も服装から見る限り実に凜々《りり》しく知的だ。しかし、腰につけているサーベルと呼ばれている西洋刀は他の兵器同様に無粋だ。刀を彩っている金色の金具も均一で面白みがあるとは言えなかった。

ヴィンセンス号の乗務士官の一人、ホワイト少尉は、先ほどから綾部城太郎の脇で日本刀に強い関心を寄せていた。

少尉は自分の剣帯に下げたサーベルを抜き払うと、その刃で水兵の一人が手にしていた六尺程度の棒の先を削って見せ、次に城太郎の刀がどれほど切れるものか見せろと迫った。

棒の先はきれいに削られてはいるが各所に木のささくれが目立った。少尉はサーベルの切れ味やその拵えを自慢しているようだった。かれの顔には明らかに日本人を小馬鹿にした笑みが浮かんでいた。

だが少尉が自慢するサーベルの拵えは、細工が稚拙で城太郎の眼には祭りの玩具程度にしか見えなかった。

城太郎は懐から懐紙を取り出すと、少尉のサーベルの刃に沿って滑らせてみた。

懐紙は切れずに破れた。

懐紙の裂け目はぎざぎざに毛羽立っていた。少尉はそれがよほど悔しかったのか、自分でも何度も試したが懐紙は切れることなく裂けた。二人のやり取りを見守っていた別の士官が今度は自分のサーベルを出して懐紙が切れるか試したがやはり切れない。

少尉は悔し紛れに城太郎に懐紙を突き付けて切ってみろと言った。

しかし、川越藩士は異国船上での抜刀を固く禁じられている。

城太郎は首を横に振って、刀を抜くことはできないと手振りで示し、

『異國船上抜刀禁止哉』

と、懐紙に書き南京人に示した。

少尉は明らかに日本の刀は切れない、だからここで示すことができないのだ、とでも言いたげに再び侮蔑の笑みを鼻先に浮かべた。

“C'mon! Draw your sword! Go on! Go on!”

少尉は薄い唇から言葉を発すると顎をしゃくって刀を抜くよう急《せ》かした。

その言葉を聞いた政吉が直ぐに反応した。政吉は先ほどから日本人を小馬鹿にしたような少尉の薄笑いに腹が立っていた。

「何を言っていやがる。鴨《かも》ンだと、泥よっ？　素《す》うどんでゴーンゴーンだと？　一体《いってえ》鴨が要るのか、それとも素うどんか、どっちかはっきりしろ、てんだ！　どうも米利堅の奴の言うことは支離滅裂で判らねえ！」

「米利堅にも素うどんや鴨うどんがあるのかい？」

仲間の水手が首をひねった。

「ン？　あるんだろうさ！　だって間違いなく、鴨ン、素うどん、ゴーンゴーンって寺の鐘の音みたいなこと言ったぜ！」

「鴨肉うどんと素うどんで、なんでゴーンゴーンなんだ！」

「そんなこったあ、船頭の俺が知るはずねえ。威勢が良いからがんがんやれっつう景気付けかなんかだろうさ！」

政吉は理解できない異国語に眼を白黒させた。

城太郎を中心に政吉らもヴィンセンス号の水兵たちに囲まれてしまった。小さな輪だった囲みは次第に人だかりが増え、大きな輪となった。周囲は日本人を蔑む笑みや、これからどうするのかという好奇心に包まれ、白人や黒人の大男の輪の中に城太郎らの姿は次第に埋もれた。

政吉の耳通訳によれば、

「泥よっと、素うどん、ゴーンゴーン」

と、かれらは鐘を突き城太郎に迫った。

一体何が始まろうとしているのか――。

綾部城太郎の周囲には好奇心を抱いた水兵や水夫がさらに集まった。だが、いくら異国人から刀の切れ味を示せと言われても、禁じられている以上鞘を払うわけにはいかない。

「駄目、だめだ、抜くことはできない」

かれは断り続けた。

周囲は、さらに『ゴーンゴーン』と寺の鐘を突いた。

城太郎は進退極まった。

刀を抜いて見せなければとても収まらない状況だ。

ねっとりとした厭な汗が体から噴き出した。甲板を吹き抜ける風も感じることのできない脂汗が体全体を包んだ。かれは袖で額の汗を拭った。

「城太郎、良いぞ、刀を十寸ほど引き抜いて懐紙を切って見せてやれ。どうも米利堅の連中は自分たちの刀の方が優秀だと信じているようだ。日本の誇りのためだ」

気付くと武者右衛門がすぐ後ろに立って腕を組んでいた。

「但し鞘から身を抜き払わずにな、どうせやるなら思い切り派手にやって見せてやれ」

天の助けだった。城太郎は掌の脂汗を袖で拭った。

「はい、判りました。では思い切り派手に——」

輪の後方からの要求で城太郎の周囲にいた水兵は一定の距離を保って円座を組み座り込んだ。

観客が異国人であることを除けば、何やら蝦蟇《がま》の油売りの姿にも似ている。

城太郎は額に鉢金をつけ着物の袖は襷《たすき》掛けで押さえている。下は股引に足袋、草鞋《わらじ》だ。しかも腰に帯びている大小は若者らしく艶やかな朱鞘。これで蝦蟇油の幟と油を入れた壺に柄杓《ひしゃく》でもあれば道具立ては完全と言えた。

城太郎は異国人の中での自分の姿を思い浮かべ思わず苦笑した。だが、やる以上は徹底して蝦蟇の油売りになってやる、と決心した。

二

長刀を抜き払えないのが残念だ。

城太郎は腰の長刀を少し引き抜いた。鏡のように輝く刀身が顔を覗かせた。刃文に光が当たり妖しく輝いた。

気分は完全に蝦蟇の油売りとなった。

「お立会い、お立会い、さあさあ、皆さまお立会い！　ここにありまする一枚の懐紙、種も仕掛けもござりませぬ。さあ、さあ、米利堅国のお客様、立会って損はさせませぬ。江戸湾来航記念に、日本刀の切れ味を、とくとくとご覧あれ、真白き富士の高嶺に、ぱっとぱっと咲かせましょ、花吹雪。種も仕掛けもござりませぬ」

城太郎はそう言って一枚の懐紙を天高く掲げてひらひらと示した。

「あーら、あら不思議。一枚は二枚に、二枚は四枚、それ！　四枚は八枚に！」

かれは懐紙を高々と掲げて四囲の異国人に示しながら、刃に沿って滑らせた。動作は少々過剰気味だが手際は良い。

城太郎は口上を述べながら切り放った懐紙の紙片を両手で異国人に示した。

「八枚は十六枚、十六枚は三十二枚、三十二枚は六十四枚、六十四枚は、おっ、とっ、とっ——。これ以上続けますと自分の指を切ります」

かれは慌てて自分の指の無事を確かめておどけてから四囲に示した。言葉は通じなくとも意味は通じる。自分の指を見つめる城太郎の眼が寄り目になっていた。

水兵たちはどっと笑った。日本人も笑った。

普段から真面目一筋の剣士で通っている綾部城太郎にこのように愉快でおどけた面のあることを多くの藩士も初めて知った。

「さあさあ、さっ、今から米利堅船にぱっと咲かせましょ、江戸の花。さっと散らせましょ、花吹雪。米利堅国の皆の衆、江戸湾来航、土産の話にご覧あれ。さあさあ、さっ、とくとご覧あれ」

かれは小さく刻んだ懐紙を自分の両手の掌に収め大切に愛でていたが、突然それをさっと空中に投げた。船上は瞬時に真っ白な花びらに包まれた。

“Oh……!”

甲板上は一斉にどよめいた。

紙吹雪は船上をまるで生き物のようにひらひらと舞い、水兵たちが見上げる中を海上に飛び去った。城太郎は周囲に礼儀正しく辞儀をして武者右衛門のもとに戻った。城太郎の髪と着物に数枚が張り付いている。

艦長が南京人陣を従えて城太郎に近付き、その紙吹雪の一枚を手に取った。

なんと見事な――。

艦長は感嘆の言葉を発し城太郎の肩を親しげに軽く叩いた。

水兵たちからも一斉に拍手が沸き起った。かれらは甲板に散った紙吹雪を拾い、互いにその切り口を確かめ合っている。懐紙は剃刀で切り取ったかのように美しい。

だが、収まりがつかないのはホワイト少尉だった。

かれは自分のサーベルを手にすると、ブンブンと振り回し、先ほどの水兵に持たせた六尺棒を力まかせに叩き切った。

六尺棒は鈍い音とともに二つに切れた。だが音が示すように半分は切れたのだが、残りの半分は折れた。力まかせに折ったというのが正しい。

少尉は城太郎にやってみろと腕を振り上げて示した。すると、船上の水兵たちは再び、

『ゴーンゴーン』の合唱を始めた。

「また寺の鐘を突いてやがる。異国の連中はどうも妙な言葉使うな」

政吉が彼らの口真似をしながら盛んに首をひねった。

さて、どのように収めるか――。

武者右衛門はしばらく考えあぐんだ。

定めでは、船上で下知なく抜刀してはならない、とされている。だがこれは異国船に対しての敵対行為、戦闘行為として抜刀してはならないという意味で、日本人と異国人との友好、交歓を深める場においてだめだとは言っていない。

武者右衛門は横で城太郎の演技を見物していた艦長に近付き質した。

『我等日本刀演技公開』

陳の通訳に艦長は大きく頷いた。

陳は細々と動き回って水兵らの円陣をさらに広げた。大柄の水兵らは陳の誘導でさらに一間ほど輪を広げた。南京人は天性こういった技に長《た》けている。実に器用なものだ。陳が腰低く手をひらひらさせて円陣の内側を一周するだけで輪は広がった。

「早川、その六尺棒を支えろ」

武者右衛門の指示に早川五郎は甲板に六尺棒を垂直に立て、上部を軽く握った。

綾部城太郎は無外流居合術免許皆伝の腕だ。かれは棒から一間ほど離れ一度正座して眼を瞑った。両手は丁寧に膝に添えられている。四囲の人びとは緊張した面持ちでかれの手と刀に集中した。

「では——」

城太郎は静かに辞儀をした。それからおもむろに片膝立ちの姿勢を取り、両手を腰の帯にゆっくりと移した。眼は瞑っている。まだ刀の柄には触れてもいない。

ざわついていた甲板はいつの間にか静寂に包まれた。

風に帆綱が軽く唸りを上げている。

鷗が甲高い鳴き声を上げた。その時、

「えい――」

まるで鷗の鳴き声を引き裂くかのように突然城太郎の掛け声が静寂を破った。

円座の中心でまるで稲光のように、金属質の輝きが一瞬走ったように見えたが、注視していた水兵にも艦長にも何が起きたか判らなかった。ただ、鋭い掛け声とともに微《かす》かにコトッと甲板に小石が落ちたほどの物音がしただけであった。船上は再び静寂に包まれ帆綱の唸りだけが聞こえている。

綾部城太郎の刀はいつの間にか鞘に収まり、かれの両手は再び膝の上に重ねられていた。

その静寂を待っていたかのように、早川五郎は支えていた棒から右手を離した。

六尺棒はその中央部で見事に袈裟《けさ》斬りされていた。切り口はまるでかんなをかけたかのように美しかった。

やがて、深い催眠状態から覚めたかのように、船上は大きな歓声に包まれた。

綾部城太郎は水兵たちの人気の中心になり、上層甲板には再び日本と亜米利加の友好の輪ができた。

三

いつの間にか五月の陽は高く昇り強い日差しが甲板を照りつけている。朝から異国船の停船に追われていた藩士らは一様に喉の渇きと空腹感に包まれていた。

だがその時、友好的な交歓は水兵の鋭い叫び声で突然破られた。

船上に怒号が飛び交い、剣付鉄砲を抱えた兵士が一斉に銃口を武者右衛門らに向けた。

「何をする。無礼な！」

武者右衛門の声に船上の藩士も一斉に刀に手をかけた。

ヴィンセンス号の甲板は何が起きたのか要領を得ないまま、川越藩士と亜米利加水兵が互いに対峙し緊張が走った。武者右衛門らに向けられた三十近くの銃口の先では、細い剣が光っている。

だが水兵たちにしても、たった今、綾部城太郎の電光石火の早業を眼にしたばかりだ。飛び交う弾丸よりも速い速度で日本の長い刀の刃先が飛んで来るに違いないと信じ、水兵は動きが取れなかった。

両者は睨み合ったまま膠着状態となった。

叫び声を上げた兵士は艦長のもとに走り寄り、後藤五八の足もとを指差して何かを告げた。

緊張のため声が甲高い。その声に合わせるかのように、水兵らは一斉に後ずさりし五八らから距離を置いた。立っていた水兵も全員甲板に膝を突き、姿勢低く銃を構えた。多くの銃は五八に向けられている。五八は今にも失神しそうな様子でその場に棒立ちとなった。よく見ると膝が小刻みに震えている。

「どういうことだ。我らを騙し打ちにする気か――」

武者右衛門は南京人陳に近寄った。左手は腰の刀に当てている。

「チョットマッタ、マッタ」

陳の声も緊張で震えている。

かれは慌てて掌で武者右衛門を制し五八の足もとを指差した。

『是不是炸弾』

へっぴり腰で武者右衛門に突きつけた懐紙には炸弾と書かれている。

藩士らは一斉に後藤五八の足もとを注視した。小さな包みが転がっていた。包みはたった今異国船の脇で待機している忍藩の伝馬舟から受け取ったものだ。

それは藁《わら》の菰《こも》で包まれた小さな米俵のような形状をしており、長い竿竹の先に結びつけて海上から五八に差し渡されたものだ。俵の一部が解けて中から何か黒いものが見える。

武者右衛門はつかつかと五八に近寄ると足もとの包みを手に取った。船上の水兵たちはさらに後ずさりし、全員艤装品や檣の陰、そして互いに押し合い他の水兵の陰に隠れた。

「なんだ、これか?」

半分ひらいた包みから顔を覗かせている黒い物を引き抜くと、武者右衛門は顔に不敵な笑みを浮かべた。

「これが炸裂弾だと！　米利堅人も存外腰ぬけが多いな」

かれはその炸裂弾をゆっくりと眺めた。柿の実より少し大きい塊だ。

「なるほど確かに遠目には炸裂弾にも見える！」

かれはしげしげとその黒い塊を見つめてから、

「ほれっ——見てみろ」

かれはその炸裂弾なるものを近くの水兵に手渡そうとした。水兵は今にも卒倒しそうな顔つきで後ずさりした。

「安心しろ、これは腰兵糧だ」

海苔で包まれたおむすびからは煮つけた薇《ぜんまい》の茎が一本ひょろひょろとまるで導火線のように顔を覗かせている。武者右衛門は天に掲げたその黒い塊を自分の口に運びパクリと食いついた。黒い塊の中からは真っ白な中身が顔を出した。

かれは南京人陳を手招きし、おむすびを突きつけた。

「アイ・ヤー、コレ、ニッポン、コメカ」

陳は急に両手を天高く掲げると、苦笑いを浮かべた。それから、やにわに顔を突き出すと武者右衛門が手にしているおむすびに食らいついた。まるで餌に食いつくハゼのように勇猛果敢、貪欲に食いついた。

「ウマイ。ニッポン、シロメシ、ウマイナ」

陳はパクパクと口を動かし味を確かめた。髭に米粒が数粒貼り付いて上下している。

艦長が武者右衛門の前に来て自分たちの勘違いを陳謝し、これからみんなで昼食にしようと言った。

日本でも西洋でも攻城戦などでは長い竹竿や木棒の先に爆薬を取りつけ、その先端で爆発させるという戦法が取られてきた。帆船同士の戦いでも、互いに接舷し敵の船に爆薬を仕掛けるのに同じ方法が取られてきている。

伝馬舟から腰兵糧を手渡す方法は海上での接舷戦闘を連想させるに十分だった。


しばらくすると、水兵に担がれたいくつもの机と椅子が甲板に運び上げられ、机には白布がかけられてギヤマンの徳利と西洋杯が準備された。机上の皿には西洋の菓子や餅のようなものが盛られた。船上は再び友好の輪に包まれた。

『小酒一杯』

南京人陳は酒の入っているギヤマンの徳利と杯を持って艦長と武者右衛門に注ぎだした。その後、かれは藩士ら一人ひとりに『小酒』と書いた紙片を示し、一滴を自分の小皿に垂らして毒見してみせた。船上はまだ互いに疑心暗鬼の世界にいる。

「おお、小酒か」

武者右衛門は小酒の意味を酒分の軽いものと理解したが、『ささやかな酒ですが』との謙遜の意味である。

『熱烈歓迎、先小酒乾杯』

陳は熱烈に歓迎すると書き、盛んにカンペイ、カンペイと武者右衛門を誘った。

「陳さん、カンペイ、ナンノイミ」

陳に影響され、武者右衛門の言葉が少しおかしい。

「ヤーメリチャン、ニッポン、ナカヨクシタ、イワイサケ。ヨロシク、ノ、サケ」

「義兄弟の杯みてえなやつですかねえ――」

政吉が口を挟んだ。顔には飲みたくてうずうずしている様子が見て取れた。酒の甘い香りが辺りに漂っている。

艦長は武者右衛門と向き合い、西洋杯を眼の位置に掲げた。

「おい、亜米利加の杯を受けるぞ。全員起立して無礼のないよう、ありがたく頂戴しろ」

歓迎の席には川越藩と忍藩、浦賀奉行所の同心が着き、対面して艦長他ヴィンセンス号の士官が着いている。武者右衛門の言葉に、椅子に座っている藩士も、甲板で円座を組んでいる足軽や船頭らも全員起立した。

「米利堅国のクァピタンと水兵に礼だ。本日は大変結構な小酒の振る舞いを受け、心より礼を申し上げる」

武者右衛門は日本で上役から杯を受けた時のように両手で押し戴き、礼儀正しく艦長に向かい腰を折った。藩士らも一斉に艦長に向かって杯を押し戴いた。

やがてかれらはそれぞれ腰に取り付けた竹筒から水を飲み、腰兵糧を解いて食べ始めた。机上に広げた腰兵糧は異国の食べ物と交換し、互いに試食し合って、ヴィンセンス号の甲板は再び日本と亜米利加の明るい交歓の場となった。

内池武者右衛門は三年前に家督を継ぎ三十二歳の若さで川越藩与力となった。三崎陣屋には与力斎藤伊兵衛が番頭として詰めている。斎藤は与力筆頭で、陣屋では「親父殿」として藩士らに親しまれていた。温厚で優しい人物だが、五十六歳となって何事にも多少優柔不断となった。斎藤はこの日は陣屋詰めで出陣しておらず、乗止め検問に出た一の先の藩士十二名の中では武者右衛門が最上席であった。

ヴィンセンス号乗船の藩士たちの中で陣羽織を着込んでいるのは武者右衛門一人だ。武者右衛門は顔に十分な笑みを湛え日本国を代表しポールディング艦長と向き合った。この時藩士らが飲んだ小酒はシャンペンか白ワインであったのであろう。初めて口にする異国の酒は、藩士らには甘くて美味くはなく、『みりんのような味』と感じられた。異国船側は菓子類や安倍川餅のようなものも出した。だが、武者右衛門らが初めて食べた安倍川餅のように感じた『パン』も脂臭くて決して美味いものではなかった。だが、異国人との交歓は楽しいものだ。見るもの聞くもの全てが珍しく驚きに満ちている。楽しい酒食は華やかに進み時間はたちまち過ぎていった。

長崎にいたことがあるという南京人の陳は楽しい男だった。

料理人としてこの船に乗っているが、陳の言っている内容やその場での反応を見ると、頭の回転が実に早く鋭かった。武者右衛門は陳と少し話をしただけでたちまち気に入ってしまった。先ほどの小憎らしさが嘘のように消えている。

だが『チョイト、オニイサン』だけはどうもいけない。調子が狂ってしまう。

「陳さん、私、名前、ムシャエモン。ナマエ、ヨンデ。オニイサン、ダメダメヨ」

陳の影響を受け妙な抑揚のついた武者右衛門の言葉からは助詞が抜け落ち、日頃の与力としての威厳など消え去ってしまっている。

「アイ・ヤー、オニイサン、ダメカ。ナマエ、ウチケムチャエモンカ、チョットナガイナ。ワカッタ、ムチャサン、イイカ、ワルイカ」

「ムチャじゃない。ムシャだ」

「ムチャサン、チンサン、トモダチダ」

陳は、今度は『ムチャサン』と頻りに言い酒を勧めた。

「ムチャ言うな、ムシャだ」

武者右衛門がそう言い、杯を飲み乾そうとした時、

「武者右衛門様、御船改め、御船改め。飲みすぎご用心、ご用心」

誰かが後ろから武者右衛門の袖を引いた。見ると綾部城太郎だった。城太郎の眼の縁も頬もポッと赤い。確かに御船改めする前に酔い潰れるわけにはいかない。

武者右衛門は気を引き締めた。

「陳さん、酒、もうダメダメ」

『現在我軍務中哉』

すると、陳は、亜米利加船は停船し、軍務は終わっているではないかという。

「陳さん、私、まだ下の甲板見てない。これ、私の仕事」

武者右衛門は艦長が船改めを拒絶するに違いないと考えた。その時、どのように船内見分を行うかが問題だった。異国船の武器・弾薬の状況、保管場所。食料、水など船の外観からでは判らないことだらけだ。

一旦戦闘状態になった時のために異国船の戦闘継続能力を知り、船の急所を確かめて襲撃する手立てを考えなければならない。

陳が艦長にその旨を伝えると、意外にも自分で艦内を案内してくれるという。

「ムチャサン、ライライ、ヨンコ、ライライ」

陳は指を四本たてて、四人ついて来いと手招きした。

武者右衛門は城太郎と忍藩の後藤五八、それに船頭政吉に同行を命じた。

後藤五八は、忍藩との合同調練や交歓で性格を知り尽くしている。決して武人柄の男ではないが、好奇心が強く何事にも研究熱心だった。実戦になれば忍藩とともに協調して異国人と戦わねばならないという配慮もあった。

政吉を引き入れたのは、船の構造にも詳しく物を見る目がいつも正確だったからだ。しかも記憶力も並みの藩士より遥かに優れていた。さらに言えば、まだ若いにもかかわらず武士には見えないものを見る力を持っていた。
かれら四人は艦長と陳の後に続き上甲板から一層下の甲板に降りた。

一　熊男

上甲板から一階下に降りるとそこは別世界だった。

日本の千石船、菱垣《ひがき》廻船や樽廻船に甲板は付いていない。それは、鎖国政策を取る幕府が海外貿易を可能とする大型船の建造を認めなかったためで、外洋の荒波に耐える甲板の構造も造られなかった。そのため日本の船は風呂桶に荷物を詰め込んで運ぶのと構造上の違いはなく、海が荒れれば海水は遠慮会釈なく上部から船内に入り込んだ。

海が荒れ、ちょっとした強風で船が傾斜しだすと船内への浸水を防ぐために積み荷を廃棄し帆柱を切り倒した。そのために、和船の歴史は難船と漂流の歴史ともいえ、悲劇を繰り返した。

多くの難船は黒潮に乗ってオホーツク海や北米海域まで流されて、そのまま行方不明となった。数少ない幸運に恵まれて陸地にたどり着いたとしても、雪と氷に閉ざされた極北の地を生きぬいて日本に帰国できる水手《かこ》は数えるほどしかいなかった。

また、漂流中に異国船に救命されたとしても、鎖国政策が壁となり多くの船頭と水手は帰国を断念し、異国の地で果てた。

日本の造船には船や船頭や水手を保護する思想はどこにもなく、甲板の下にさらに下層甲板があること自体が珍しい光景であった。

ヴィンセンス号の下層甲板は大広間をさらに広くしたような空間が広がっていた。天井は決して高くはないが、太い梁が縦横に伸びて船を堅牢なものとしている。かれらの眼を最初に捉えたのは、上層甲板からそのまま下層甲板に伸びた三本の檣《ほばしら》だった。檣は舳《へ》先《さき》から艫《とも》に向かって巨大な寺院の柱のようにきれいに並んでいたが、驚いたことにそれぞれの柱の周囲を取り巻くように数えきれないほどの武器が整然と収納されていた。

鉄砲は数百丁あると思われ、同じように剣も立て掛けてある。そしてこの下層甲板の舷側に沿って大筒が整然と並んでいた。この小船ですらこれだけの武器を揃えていることを考えると、もう一つの大船の武器の備えはどれほどのものか。

藩士らの観察を総合すると、大船は大筒だけでも九十二門を数え、陳の話では乗員は八百名だという。考えるだけで気の遠くなる規模だ。

米利堅人はこの最新の武器とその数で日本人を威圧しようとしているのか――。

艦長が懇切丁寧に武器の所在を開示し隠そうとしない訳は、戦う前に日本人の戦意を失わせようとしているからに相違ない――。

『その手に乗ってたまるか。こちらはその手を逆手にとってこの船の急所を探し、一旦、火蓋が切られた時にはその急所を襲うまでだ――』

武者右衛門《むしゃえもん》は密かに闘争心を燃やした。

艦長は武者右衛門の気持ちをよそに、目の前で実際に剣先を鉄砲に取り付けて、撃ち放つ真似をしてみせた。よく観察すると、この剣付鉄砲は火縄の代わりに火皿のところに火打石と火打鉄があり、引鉄《ひきがね》を引くと互いに擦れ合って発火する仕組みとなっている。

艦長は次に剣付鉄砲で突く動作をしてから、近くの衛兵に剣付鉄砲を手渡し何かを命じた。衛兵はまるで丸太ん棒のように佇立して艦長に敬礼した。

かれは長さおよそ七尺の剣付鉄砲を立てたり横にしたりして実戦的な動きを見せるかと思えば、左右の手の間でまるで風車のようにくるくると自由に回してみせた。ちょうど日本の剣舞や槍術のように華やかだ。

「槍としても使えるってわけだ。剣付鉄砲はなんとも利便なものだのう――」

後藤五八《ごはち》は末生瓢簞《うらなりびょうたん》のような頭を上下させて頻りに感心してみせていたが、突然、檣に立て掛けてある銃を手に取り、剣を取り付ける仕組みに興味を示した。

槍と銃の機能を持った剣付鉄砲は確かに便利な武器だ。

だが、手放しで称賛するのはどこか悔しい。剣付鉄砲の剣先に触れると、日本の鈍《なまく》ら刀より酷《ひど》い造りだ。日本の槍を見ている眼には単なる尖った鉄棒程度のものだ。日本の刀や槍のような鍛え上げた金属の輝きはどこにもなかった。

「なに、こんな槍では人は突けまいよ」

武者右衛門は槍の穂先を指で撫でた。

武器庫に大量に並んだ鉄砲と剣先が不気味な存在感を示していた。

だが武者右衛門にとっては鉄砲や槍の不気味さより、亜米利加船の舷側から外に向かって砲口を並べている大筒の方が遥かに恐ろしい。

どのように比較しても、大筒の口径は川越藩のものより遥かに大きかった。

二

仮に亜米利加船と戦闘が生じた時、まともに戦っては勝ち目がない。それは、清国が英国の戦艦と兵に叩きのめされたことからも判る。もしも、今日この後に戦端が切って落とされれば、武者右衛門の役目はただ一つ、この船に火を放ち、この船が保有する火薬と油で自爆させることしかない。勇ましく刀で斬り込んでも、多勢の剣付鉄砲には敵わない。

火蓋が切られた時は真直ぐに武器蔵へ突入して火を放つ――。

もしも五人で上層甲板から下層甲板へと走り、途中邪魔する水兵を斬り倒しながら武器蔵へ走ったとして、一人くらいは武器蔵までたどり着き、火をかけることができるに違いない。これが亜米利加船に勝つただ一つの策だ。そのためにも、この船がどれほどの火薬を積み込んでいるのかを調べなければならない。

武者右衛門は陳に世間話でもするかのように軽く話しかけた。

「陳さん、亜米利加船、長い船旅、雨、波、風、大変。火薬、水被る、ダメダメなるね」

「ダイジョウブヨ、ヘヤ、シマウヨ」

「どこの部屋しまう?」

陳は武者右衛門の話の調子に乗り、船の艫を指差して教えようとした。だがそこで急にその手を止めた。

「アイ・ヤー、ソレ、ダメヨ」

陳は疑い深い目つきで武者右衛門を下から覗き込んだ。

「カヤクシマウ、ヒミツヨ」

陳はその手には乗らぬと、口を掌で覆った。

だが、会話の意味を知った艦長は自ら硝煙蔵を案内してくれると言った。

艦長は武者右衛門らを手招きして船の艫の方へと進んだ。

左の舷側に沿って長い廊下が続き、三本目の檣の先、船の最後尾に近い一室まで案内して扉の前に立った。分厚い扉の前には衛兵が立っていたが、艦長の指示で解錠した。鍵は衛兵の腰にぶら下がっていた。

可哀相だが非常時にはこの衛兵の命はいただかなければならない——。

衛兵は武者右衛門に向かって敬礼した。

扉を開けると、六畳敷ほどの部屋には床から大量の叺《かます》が積み上げられていた。間違いなく硝煙蔵だ。硝煙の叺は二百袋以上もあり、陳は大筒用だと説明した。硝煙蔵にはその他に剣付鉄砲の玉が素麵箱のような箱に大量に収められていた。

「陳さん、艦長に伝えてくれ。亜米利加船の大筒、鉄砲、火薬保管大変素晴らしい」

武者右衛門はそう言いながら、一方では、

『非常時にこの蔵に火付けすれば、この船は壮大な爆発を起し自沈するに違いない――』

と考えた。

武者右衛門は城太郎らに眼で合図を送った。かれらにはその意味が通じていた。


硝煙蔵を出ると船の右舷に沿って舳先に向かった。右舷側から眺める武器も先ほどと同様に整然と収納されている。武器や資材の保管法は亜米利加人の方が数段優れていた。

この下層甲板を舳先近くまで進んだ時、手前で大男六人が曲彔《きょくろく》に腰掛けてお喋りに夢中になっていた。一人は読書に余念がない。武者右衛門らが艦長とともに通りかかると、全員曲彔から立ち上がって軽く会釈し直ぐに座ってしまった。

陳は彼らを指して休息中だと言った。

艦長が通り過ぎようとしているのに立ち上がっただけで姿勢を正す者はいない。気楽なものだ。日本であれば全員床に座して頭を床につけるほどに低くし、上役が通り過ぎるまでは頭を上げることなどできない。

亜米利加の軍船では礼儀は教えないのか――。

それとも休息中は礼を尽くす必要などないのか——。

とは言え、一旦命令が出れば連中はまるで猿のように素早く檣に登ったり、帆綱を引き締めたりと、機敏で統制の取れた動きをする。その辺りがよく判らない。

武者右衛門は不思議な思いに駆られた。

水夫たちの内二人は黒人だった。二人とも袖の短い薄い服を着て、袖からは逞しい二の腕が覗いていた。腕には一様に亜米利加文字や何か呪《まじな》いの文様のような刺青が彫られている。

陣は男の腕に彫られた刺青を指して、南の島で彫ったと言った。

その体の大きい方の一人が武者右衛門に笑みを投げかけた。

薄暗い下層甲板で歯だけが白く光った。よく見ると髪の毛は縮れて短く丸まり、まるで大仏様の頭のようだ。耳には金色の輪を嵌め込み、口を開けると舌も唇も真っ赤だ。

男は武者右衛門の視線に気付くと手招きして、自分の腕を鉤形に折ってみせた。二の腕の力瘤が大きく盛り上がった。

男二人の間に小さめの机があり、二人は互いに向き合い鉤形に折った腕の肘を小机に乗せて力比べを行ってみせた。辺りに男たちの掛け声が響き渡った。負けそうな若い方の男は必死で堪《こら》えていたが、やがて力尽きて自分の手の甲を机の盤面につけ勝負はついた。

すると突然、勝った方の大男が武者右衛門に向かってかかって来いと挑発した。男はその仕草で武者右衛門の腕を簡単にねじり曲げてみせる、と豪語している。

男の背丈は、七尺はあった。

金剛力士か——。

先ずはそう思った。正直な話、どのように見ても寺門の金剛力士か浅草雷門の風神雷神だ。体全体は相撲取りのように大きく、まるで筋肉の塊だ。黒光りしている肌も強そうだ。逞しい筋肉、吊り上がった眼と大きく開いた口、人を睥睨《へいげい》する大きな体。眼の前にいる異国の黒人は金剛力士そのものだった。

陳は、男は黒熊で野獣だ、艦隊でこの男に敵うものはいないと言った。この男が艦隊一の力持ちだということは体つきを見れば判る。

艦長は武者右衛門らの反応を興味津々の眼で窺っていたが、突然笑みを浮かべると陳に何かを指示した。

「ムチャサン、ヤッテミルカ、カツ、マケル？」

陳は好奇心いっぱいの笑みで武者右衛門を覗き込んだ。

黒熊男が武者右衛門に向かって、かかって来いと折り曲げた腕を大きく振って誘った。大口を開けて何かを叫んだが何を言っているのか皆目判らない。

武者右衛門には野獣の雄叫びにしか聞こえなかった。

「ヤッテミ、ダイジョウブ、シナナイヨ、デモ、ウデオレルカナ」

頻りに勝負をけしかける陳と目が合うと後藤五八は武者右衛門の陰にそっと隠れた。

三

気付くと後藤五八は武者右衛門の陰からそっと顔を突き出して、黒熊男を観察している。

「武者右衛門殿、ありゃ、先ほどの居合抜きの仇を取ろうとしているに違いない。止しておいた方が良いです。腕をねじ切られてしまう。どのように見てもありゃ金剛力士だ。無茶ですよ」

「だが、試してみろとけしかけられ断ったら日本人の恥だ」

「しかし――」

五八はさも怖そうに上目遣いで武者右衛門を見てそういうと、掌を左右にひらひらさせ後ずさりし始めた。だが、五八は何を思ったか、途中で後ずさりを急に止め、小さな眼をまんまるくして細い顔を突き出し、黒熊男の盛り上がった力瘤を見つめた。

黒熊男は後藤五八の興味に応えるかのように太い腕を曲げてその力瘤を誇示した。

すると五八はつかつかと黒熊男に歩み寄り、その力瘤を軽く叩いたり撫でたりし始めた。怖さもあってその姿はへっぴり腰だったが、かれの好奇心は時に恐怖をも超えた意外な行動を生んだ。

後藤五八はおおよそ武士らしからぬ細く華奢な体つきをしている。腰の二刀が可哀相なほど似合わない。顔は細長く青白い。

そのためあだ名は『末生瓢簞』だ。

だが、その弱々しい男が何を思ったのか、突如自分の指を舐めて唾をつけると、その指で黒熊男の力瘤を擦《こす》って首を傾《かし》げた。そして次は懐紙を唾で湿らせ、これで男の力瘤を擦り始めた。

白い懐紙はたちまち茶色に染まった。

五八は急にその細い顔いっぱいに笑みを湛《たた》えた。

「なんだ、お主やっぱり何か黒い油を塗っているな！」

おそらく長い航海で生じた汗と垢であったのであろう。だが、五八は黒い油を塗っているために色が黒いと信じた。

「拙者、この黒熊さんがとても人間とは思えなかったが、なんのなんの、触ってみりゃ普通の人肌。柔らかくて武者右衛門殿と変わりない。この強そうな黒い色にしても黒油を塗っているからで、恐れるに足らん！」

かれは武者右衛門に向かい大口を叩いた。

「では、お前が相手するか」

「えっ拙者が！　そりゃ、拙者にゃ無理。遠慮させてもらう！」

五八がそう言って再び後ずさりした時、黒熊男が突然五八の腰を捉えて抱きかかえた。

「御免、御免、あんたの悪口言ったわけではない」

五八は卒倒しそうな顔で手足をバタバタさせた。体全体が既に宙に浮いていた。

「おーい、誰か助けてくれ」

黒熊男は真っ赤な口を大きく開けて今にも噛みつきそうな形相で叫んだ。

辺りに野獣の雄叫びが響き渡った。

真っ赤な口が五八の顔に近付いた。五八の細い顔は黒熊の両手で押さえられて動きが取れない。誰もが五八は食い殺されるのではないかと案じた。

だが、黒熊はその大口を急に細めると五八のおでこに、

『ブチュッ』

と大きな音をたてて口付けした。

五八は今にも卒倒しそうな顔で武者右衛門に助けを求めた。だが、武者右衛門はあくまでも意地悪い。

「どうだい五八、異国の男の口吸《くちす》いは?」

「ああ、気色悪い。武者右衛門殿、助けてくれ」

五八の言葉に武者右衛門は意地悪くプイとそっぽを向いた。

五八は黒熊の腕の中で何度ももがき、やがて、ずり落ちるように黒熊の腕からどうにか逃れた。そのため着物はひどく乱れて、褌《ふんどし》姿の細い足腰と肋骨の浮き上がった骨と皮だけの薄い胸が開《はだ》けた。

黒熊はどのように考えても大きく強そうだ。本当の熊より大きな体。骨格を覆う厚い筋肉。いかにも強そうな黒い肌。何よりも顔から溢れ出ている闘志と熱気。それらのどれを比較して

も武者右衛門が勝てる要素は見当たらなかった。

武者右衛門は昔から負けん気が強く少々天邪鬼《あまのじやく》で、まわりにけしかけられると挑戦したくなるという悪い癖もあった。そのため随分損をしたこともあったが、性格だから仕方ない。

「武者右衛門様、この黒熊は、確かに体は大きく、顔つきも如何にも怖そうだけど、体が大きいのと手足が太いのは脂のせいですよ」

政吉は言い切ってけしかけた。

「大丈夫です」

武者右衛門は誘われるままに、腕を大きく振り、体を左右に揺すりながら小机の前に進んだ。何やら毛を逆立てる猫にも似ている。

「政吉、俺の腕が折れたらお前のせいだぞ――」

「武者右衛門様が負ければ、それは武者右衛門様が弱いということです。政吉のせいではありません。普段の鍛錬がまだまだ足りないということ」

今度は城太郎まで小憎らしいほど冷静なものの言い方をした。武者右衛門にすれば船頭や配下の若僧に言いたい放題に言われ、頭の血流が煮えたぎった。

負けてなるものか――。

武者右衛門の体全体に妙な力が漲《みなぎ》ってきた。

黒熊は自分の力を誇示するかのように両腕を折って二の腕の力瘤の大きさを見せびらかした。真っ赤な唇の中心で白い歯が光った。

武者右衛門も直ぐに相手の仕草を真似し、力瘤を作ってみせたが、どうも迫力不足だ。

この黒熊男の丸太のように太い腕に比べれば、武者右衛門の腕など精々『山椒のすりこぎ棒』程度にしか見えない。

対座した二人の体の差は大人と子供の違いより大きかった。

二人の対戦に今度は下層甲板にいた水兵が集まり五十人ほどの輪ができた。みんな仕合の結果を予想し合って賑やかだ。なかには小銭を賭けだした者もいた。

船上腕相撲

一

男の腕の太さも長さも武者右衛門の二倍はある。よく観察すると、巨大に盛り上がった腕の刺青の中に稚拙な女の顔の彫り物があった。刺青は三つ並んでいて、そのうちの二つは神社の魔よけの御幣《ごへい》のような文様だ。だが真ん中の一つは唇が強調された女の顔だった。

陳の話によると、船が南方への探検航海で小さな島に滞在した時、黒熊が熱をあげた島の女で、忘れ形見とするために島の彫師に女の顔に似せて彫らせたのだという。

男が腕に力を入れると女の唇が膨れた。

日本の刺青とは違い、単純な墨の線で描かれているが、いかにも野性的な黒熊男が好みそうな情感溢れた分厚い唇を持った女であることは判った。

すると、直ぐ横で男を観察していた政吉《せいきち》が突然その唇を指差して武者右衛門を励ました。

「武者右衛門様、自信を持って下さい。その女の唇をよく見て下さい。手に力を入れる時と抜く時には女の唇に変化が現れます」

そう言われてじっくり見ると、確かに政吉の言う通り、女の唇に変化が現れる。黒熊が力を込めようとした時には確かに女の唇がピクリと動き引き締まる。気を緩めた時には何やら情事の後の表情のように唇から気というものが抜けて弛緩する。

「政吉。お前《めえ》良いところに目を付けた。ありがとうよ。こちらの気の入れどころが判ったぜ」

武者右衛門は黒熊の彫り物を注視した。

だが、現実問題として武者右衛門の内心は深刻だ。当初は負けない気でいたが、こうして眼の前に対座している男の掌や腕を見ると、武者右衛門の自信は急激にしぼんだ。腕が折れるか、関節でねじ切られるかもしれない、という強い恐怖にとらわれた。

「気合だけではとても勝てまい――」

直ぐ近くでは末生瓢箪が気弱な独り言をぶつぶつ言っている。陰気な呟きは御免だ。

陳は自分が立会人をやるという。仕合開始の合図は自分の手が二人の手から離れた時だと言って、何度かやってみせた。

いよいよ本番だ。陳は二人の握り拳の上に手を重ねた。

「開始！」

陳は手を離した。

陳の合図を耳にした黒熊男は余裕の表情を浮かべた。直ぐには攻撃を仕掛けてこない。

赤い唇から白い歯が覗き、その間から真っ赤な舌が顔を出し、ペロリと舌舐めずりした。まさに獲物を前にした黒熊だ。

かれはゆっくりと武者右衛門の腕を倒しにかかった。

その時、黒熊の顔に一瞬怪訝な表情が流れた。

『おや！』

武者右衛門の腕はびくともしない。黒熊はその表情を隠すために満面に笑みを浮かべ左手で余裕の合図を仲間に送った。

引き締まっていた女の唇がここで弛緩した。

武者右衛門は野獣の第二波の攻撃に備えた。

黒熊は武者右衛門を見つめて再び全身に力を入れた。第二波の攻撃は一波より真剣だ。女の唇は急に挑戦的になった。男はその腕にじわじわと力を込めてきた。

だが、武者右衛門の腕はまるで小机に根を張った樫の木のように不動だった。

黒熊は照れ隠しに、仲間に向かって再度余裕の笑みを浮かべた。

その瞬間、女の唇は悶絶した後のように急に弛緩しきった。

『今だ――』

その一瞬を捉え武者右衛門が動いた。

「ええい！」

周囲が驚くほどの気合を入れて黒熊男の腕を倒しにかかった。男の太く黒い腕は一瞬の気の緩みに、甲がほとんど机に付くほどに倒された。

彫り物の女の唇が無残に歪んだ。

だが、男の腕も手の甲も太く厚い。わずかに盤面に届かなかった。

男の顔には真剣味が溢れだした。体全体が武者右衛門に覆いかぶさるかのような迫力だ。

「ウオ、ウオ――」

辺りに野獣の雄叫びのような轟音が響き渡った。

武者右衛門は浅草寺の雷神と対戦しているような眩暈《めまい》に一瞬包まれた。その瞬間に武者右衛門の腕は押し戻され、その強烈な力に圧倒されて徐々に小机の面に近付いた。

女の唇も闘争心に溢れ、今にもそこから雄叫びを上げそうだ。武者右衛門は黒熊男ではなく、この女と戦っているような錯覚にとらわれた。

武者右衛門は顔を真っ赤にして頑張った。

「武者右衛門様頑張れ」

城太郎と政吉が横で声援を送っている。

「だから言ったじゃないか、こんな獣《けもの》のような大男を相手にするなんて無茶だ」

五八は横で他人事のようにブツブツと独り言を言っている。

さっきは大丈夫だと言いながら今度は無茶だと、言っていることは支離滅裂だ。冗談ではない。武者右衛門は、今、川越藩士を、そして日本人を代表して異国人と仕合をしているのだ。

負けてたまるか――。

武者右衛門の腕からは感覚が失われ、強い痺れに包まれだした。女の唇などを観察する余裕などもうない。かれは密かに神仏に祈り耐えに耐えた。

「ウオ、ウオ――」

黒熊男は体中から強い熱気を発散しながらさらに叫び声を上げた。

だが押され続けた武者右衛門の腕は手首が小机に触れたところで停止し踏みとどまった。男はなんとか手の甲を付けようと、体中の力と体重をのしかけるように、両足までバタバタさせた。男の体臭が強い熱気とともに流れている。武者右衛門は思わず顔を背けた。

だが、武者右衛門の手首はどうにかそこでとどまっていた。

陣が勝敗を確かめようと小机に顔を寄せて見るが、武者右衛門の手の甲はまだ余裕をもって踏みとどまっていた。

仕合を見物していた水兵の中には事の意外な成り行きに、武者右衛門を応援する者まで現れ、周囲は賑やかな歓声に包まれた。

陣から名前を聞いた水兵の一部が武者右衛門側に付き、『ムチャ、ムチャ』と声援を送り始めた。

二

異国人にそこまで声援を送られると武者右衛門にしても奮い立たずにはいられない。

かれは女の唇を観察し続けた。

その時、一瞬だった。女の唇から闘争心が失われ困惑気味の表情が流れた。

「え、えい！」

かれは再び気合を入れて黒熊男の腕を一度は押し戻した。

だが、この黒熊男は本当の熊のように強力だ。武者右衛門の腕はその直後に金剛力に押されて、再び小机に手首が付くまで押し戻された。黒熊の腕も武者右衛門の腕もぶるぶると激しく震え、小机がガタガタと激しい音を立てた。武者右衛門にはもう神仏に祈る余裕さえ失われていた。

だが、それでも武者右衛門の手の甲は机の面に触れるどころか一寸の余裕を持って維持されていた。だが、これも時間の問題だった。あとどれだけ我慢できるか自信はなかった。

武者右衛門の腕も震えているが、黒熊の腕の女の唇も緊張した面持ちでワナワナと震えている。

我慢の限界に近付いたと武者右衛門が感じだした時、

陳が二人の手首を押さえて、

「ドロー」

と宣言して、二人の手を高々と掲げた。

陳は顔に笑みをいっぱい浮かべて武者右衛門の手を握った。

「ムチャサン、ツヨイ、ワタシ、オドロクネ」

勝負は引き分けであった。

小柄な武者右衛門が大男に負けなかったことで、人気は武者右衛門に集中した。

武者右衛門は陳に黒熊男を称える言葉を書き示してかれに近寄った。仕合を終えた今、黒熊の二の腕では女の唇が微笑んでいた。武者右衛門はその女の唇を人差し指でちょんちょんと感謝を込めて突っついた。

「ありがとうよ！」

水兵たちは我先にと武者右衛門との手合わせを望んだ。だが武者右衛門にしても精根使い果たしている。賭けに勝ったらしい若い水兵が武者右衛門に近付いて握手を求めた。

かれは武者右衛門の手首をさすって盛んに称賛した。水兵の一人が武者右衛門の腕を摑んで、仕合の仕草をした。この男の腕もなかなかしっかりして逞しい。腕に自信があるのだろう。かれは武者右衛門との手合わせを頻りに望んだ。

武者右衛門は陳に、自分は疲労困憊なので政吉が相手をすると伝え、近くで他人事のように傍観していた政吉の腕を捉えた。

「政吉、お前の勧めで手合わせしたが、難儀したぜ。次はお前がひと合わせしたらどうだ」

「武者右衛門様、ここは船頭の俺の出る幕じゃねえですよ」

「お前、さっき俺に何と言った？　気合だ。お前だって川越の船頭を代表してここにいるんだ。気合でぶつかれ」

政吉は尻ごみしたが、武者右衛門がかれの尻を押し出した。政吉は渋々小机の前に立ったが、どうも試合前の景気がつかない。着込んでいる印半纏も邪魔だ。

かれは勢いよく印半纏を脱ぐと横の椅子に投げた。


印半纏は厚地の綿布に刺子がされている。異国人にとってはチョッキとガウンの合いの子のような形で珍しい服だ。水兵の一人が手にして物珍しげに広げた。だがここにいる多くの異国人が興味を持ったのは、政吉が印半纏の下に着けていた腹掛けだった。いわゆる江戸の職人腹掛けで、流石《さすが》に金太郎腹掛けのように『丸に金』は染められていないが、川越の船問屋、旭屋の屋号、『丸に旭』が染められている。見方によっては男物のキャミソールのようなものだ。背中は完全に肌が露出していて、首から廻った細紐と両脇の少し下から廻った細紐を背で止めている。胸側も肉質な胸の乳が顔を覗かせていた。

“OW……so sexy!”

「何だと？　おい、妙な目つきで見つめないでくれ！」

水兵たちが熱い眼差しで政吉を取り囲み、やがて政吉の体を撫で回したり突っついたりし始めた。

政吉は反抗するかのようにむっとした顔をして水兵らを見上げ腕を組んだ。

「俺は衆道《しゅどう》じゃねえ、一端《いっぱし》の船頭だい」

腕を組むと外見より遥かに筋肉質な体だ。まだ若い政吉には童顔が残っていて可愛い。腹掛けも東洋的で物珍しい。周囲の兵士が寄って来て腹掛けを摘《つま》んだり引いたりした。

そのうち、一人の兵士が腹掛けから顔を出している乳を指差して騒ぎだした。

政吉はたちまち数人の水兵らに囲まれた。

「陳さん、こいつら何を言っているんだ。待ってくれ。俺は男だぜ。止めてくれ」

政吉は悲鳴を上げた。水兵らは、政吉の乳をみんな興味津々の顔で観察し、しまいには触ったり摘んだりしだした。

「くすぐってえよ、止めてくれえ」

かれは身をよじった。日頃、冷静な政吉も気が動転した。

「ひぇー、助けてくれ」

「どうも、異国人は妙な趣味があるな――。男同士で抱き合ったり、男の乳に触れたり」

武者右衛門は他人事のように言った。どのようなことになるか興味津々の目つきで静観し、政吉の災難を楽しんでさえいる。

「武者右衛門様、助けて下さい。こいつら一体何を言っているんだ」

「オニイサン、チチ、サンコアル、ホレホレコレヨ」

陳が政吉の腹掛けから顔を出している乳状の盛り上がりを指差した。

「政吉、お前、祭りで良くある乳六個の見世物女と一緒にされたぜ。乳が三個だとさ」

政吉の胸はよく観察すれば肉質で、女の乳房のようにも思える。そして、その右側の乳の少し上に、ちょうど小さめの乳房ほどに盛り上がりがある。見ようによっては確かに乳房が三個だ。

「こいつのことだよ」

武者右衛門は人差し指でその頂点をチョンと突いた。

「止めて下さいよ。武者右衛門様まで」

政吉の身をよじる姿が色っぽく可愛い。

川船の船頭は長い棹《さお》を自分の胸に押し当て船の艫に向かい船べりを歩くことを繰り返して操船する。その結果、右の胸に自然に胼胝《たこ》ができた。その棹胼胝は川船船頭として一人前になった証《あかし》でもあった。政吉の胸にも立派な棹胼胝ができていた。

政吉の乳騒ぎで船上は仕合どころではなくなった。

『是女饑餓幻想』

陳の通訳に船上は笑いの渦に包まれた。

武者右衛門らが上層甲板に戻ると、甲板にはいくつもの人の輪ができていた。

輪の中心には様々な品が並べられている。中国製の茶碗や皿もあれば、西洋風の小刀や婦人用と思われる靴や帽子、それに鉛筆や筆記用の用紙が所狭しと並んでいる。そこに、二人の南京人と数人の水兵がさらに麻袋に詰め込んだ大量の商品を運んで来て広げていた。船上の藩士らと物品交換や売買をする気でいるらしい。

だが、これは禁止されている。

武者右衛門としては船上市場を継続させるわけにはいかなかった。

「おい、みんな。物品の売買もお取替えごとも禁止されているのは判っているな。米利堅人に期待を持たせても悪いから、品定めを止めろ。直ちに中止だ」

武者右衛門は船上市場を直ちに解散させた。

初夏の太陽が西に傾きかけた頃、陳を通して艦長からヴィンセンス号から下船するように通達があった。

武者右衛門は船検問の立場からこの船にとどまりたいと主張したが、互いの主張は平行線をたどり、やがて険悪な状況となりそうになったので、日本人は全員下船した。

コロンバス号提督室

一

「ほうー、それで？」

　ジェームズ・ビッドル提督はワインを口に運びながら話に身を乗り出した。

　外は風も波もなく穏やかだ。今日一日の喧騒が別世界のことのように静寂に包まれた世界が広がっている。舷窓から望める浜辺や岬に篝火の光がチロチロと見え始めた。

　夕闇に包まれ始めた江戸湾では陸の低い稜線に沿って青白く薄い光が西側の空一面に広がり、その光が湾全体を包んでいる。陸は既に漆黒の闇だったが、その中にいくつもの仄かな灯りが点々と灯っていた。民家の灯りだった。その灯りは穏やかな海面に乱反射して無数の光に増幅されていた。眼をいくつも連なる岬の先端に移せば、そこには警備の兵士や砲台のものと思われる篝火から火の粉が盛んに舞い上がっていた。

　多くの紀行文に紹介された話から想像していたより遥かに神秘的でエキゾチックな世界が広

がっている。

日本での第一日目が終わろうとしていた。

その夜、ジェームズ・ビッドル提督は艦長二人を自室に呼び、今後の日本との折衝、対応についていくつかの指示を与えた。基本政策は一切変わっていない。日本とは平和裏に開港の意思を確認し、武力行使や恫喝を行ってはならない。この方針に変わりはなかった。艦隊の甲板に日本の兵士や人民を乗せることも問題ない。だが陽が落ちる前には退艦を求めることも同じだ。

提督の部屋ではポールディング艦長とワイマン艦長が並んで座り、話は雑談に移った。

「当艦のホワイト少尉がサーベルで叩き切った棒がこちら、日本の若い兵士が切った棒がこれですよ」

テーブルの上には二組の棒が転がっていた。一方の棒の切り口はまるで鉋《かんな》をかけたように艶《つや》やかに年輪を浮き立たせていたが、一方の棒は明らかにささくれだち、切り口の違いは歴然としている。

「こんなにも違うものかね。日本の刀の切れ味は、俄かには信じられん。一体どのようにしてこの棒を断ち切ったのだ？」

「その男は、日本の刀《スウォード》を腰に付けたまま、片足の膝を甲板に突けた姿勢を取ったのです。それから突然『エイ！』という叫びを上げると一瞬のうちに切った。しかもですよ、我々が気付いた時には、刀はもとの鞘に収まっていた。あの場にいた当艦の兵士は私を含め誰も、その刀の動きを認めることはできなかった。空中で何かがきらりと光った。ただそれだけでした」

「そんな早業で切ったのか——」

提督は棒の切り口に指を当てながら唸った。

「その若者、確か何とかジョーとかいう名前でした」

「見てみたいものだな。そのジョーの早業を」

「我が国にも拳銃の早撃ちはあるが——」

ワイマン艦長が拳銃を抜く真似をして指をポールディング艦長に向けた。

「いや、私の銃捌きどころではない。拳銃は精々腰から抜いて腰横で発射、そして腰のホルスターだが、日本の刀は少なくとも二メートル離れた目標を一瞬で叩き切ったのだ」

「ポールディング艦長、君の銃捌きとどちらが早いかね？」

ポールディング艦長は艦隊でも一、二の拳銃の名手だ。艦長はしばらく考え込んだ。

「いや、二、三メートルの距離で対面したら、私の腕は弾を発射する前に切り落とされるかもしれない」

「それほどの早業かね」

ビッドル提督は日本のサムライが切った棒の切り口を二つ合わせてその技を確かめた。

「日本の刀の鋭さについて書物を通して知ってはいたが——」

提督はそう言ってワインを飲みほした。ワインはこの航海でオランダ領バタビヤに寄港した時に総督から記念にもらったものだ。赤ワインだが辛口で口あたりが良い。

提督は話を続けた。

「私もそのジョーの早業を見てみたいものだ。それに、その優秀な日本刀をいくつか手に入れたいものだが、可能かね」

提督はポールディング艦長に向かい身を乗り出した。

「その早業のジョーはいずれまた当艦にやって来るでしょう。その時に話をしてみましょう。日本刀についても、なにか入手方法があるでしょうから、まかせて下さい」

ポールディング艦長は胸を張った。

少なくともヴィンセンス号では日本側と実に和気あいあいとした交歓が持たれた。政府の訓令にも沿った実に友好的な午餐だった。艦長はそのことを多少誇りにしている。

ワイマン艦長は提督から渡された二組の棒の切り口を見比べて首を傾げた。

「日本の刀というのはそんなに切れるものなのかね。ポールディング君」

かれはとても信じられないといった表情で艦長に訊ねた。

ポールディング艦長は軽く頷いて手元の薄いペーパーナフキンを手にした。

「この紙をこうして――」

かれは食卓のナイフを裏返すとナフキンを手にして刃に沿って滑らせた。もちろん切ることはできない。かれは切る真似をして手を動かした。

「一枚が二枚に二枚が四枚に四枚が八枚に八枚が十六枚に――と言いながら、最後はパッと風に飛ばした。その一枚がこれですよ」

テーブルに一枚の小さな薄紙が置かれた。甲板で散った紙吹雪の一枚だ。

「まさに剃刀と一緒の切れ具合でしょう」

「しかし剃刀と一緒の鋼《はがね》なら簡単に歯がこぼれ折れてしまうのでは」

二人の会話に耳を傾けていた提督が口を挟んだ。

「ワイマン君、それが日本の刀は折れないのだよ。私が読んだ本では、刀一本を作るのに、どうも鍛造を繰り返すらしい。専門の職工がいてな」

「極東アジアの小国にそんな技術があるなど信じられない」

ワイマン艦長の疑念はなかなか解けそうにない。

「実際に日本の刀を手にすれば、ワイマン君も理解できるだろう。なんだか本当に日本の刀が欲しくなったよ。ポールディング君、帰国前にその日本の刀を是非入手してくれ給え」

ビッドル提督は身を乗り出した。

「判りました。何とかしましょう」

ポールディング艦長はそう言ってから、もう一人の印象深い男のことを思い出した。

「それに、もう一人、これが実に誇り高い男がいましてな。陳はムチャと呼んでいたが、何度も『何とかムシャ何某』と言い直されていたからムシャなのでしょう。日本人の名前は長く覚えにくいですからな。そのムシャが当艦に乗艦した日本の兵士では一番上位でした。かれだけが横ストライプのチョッキを着ており、おそらく大尉クラスと思われた。それが我が国の水夫と腕相撲をしたのですよ」

「当然我が国の水夫が勝ったのだろう?」

ポールディング艦長は首を大きく横に振った。

「いいえ、勝てなかったのですよ、それが。相手は当艦のあのブラック・ベアですよ――」

「あのビーストが勝てなかったのかね!」

ビッドル提督もワイマン艦長も驚きに身を乗り出した。

二

提督もワイマン艦長も直ぐに野獣と言われている男ブラック・ベアの姿を思い浮かべた。黒人水夫で体格は艦隊一番、一人で三人分の働きをする。体中に筋肉が盛り上がり、胸と背中には縮れた毛が密集している。第一、笑ったり叫んだりした時の声、口から覗いた赤い歯茎と舌、大きく黒い眼はビーストそのもので、とても人間とは思えない。だが心は外見に反し優しい。

「ブラック・ベアも悔しがっていましたよ。気を許した一瞬を衝かれ、一度は奴も危なかった。日本人はどうも、相手の呼吸や力の入れ具合を観察する感覚に優れているようで、その瞬間を衝かれるとさすがのブラック・ベアでも手の甲をテーブルに付きそうになった」

「その男はそんなに簡単にビーストに抵抗できたのかね」

「そりゃ、簡単ではなかったですよ。歯を食いしばり必死でした。なにしろかれは日本を背負っていますからね。顔中真っ赤にしてフウフウ言いながら頑張っていましたよ。その顔がなんとも言えず可愛い。私は思わず息子の小さい頃を思い出しましたよ」

「ますます、そのムシャとジョーに会ってみたくなった」

「そのうち、我が艦隊の水兵や水夫で、おそらくビーストに負けた男や反感を持っている男がムシャを応援し始めたのです。ムシャ、ゴーゴー、ムシャ、カモン！　とね。不思議な光景でした」

かれはテーブルに自分の腕を乗せ、甲を少しだけ浮かし、ムシャの顔真似をした。

「私が観察したところ、どうも、腕首の筋肉が特別に発達しているようですな。日本の刀の技術とも関連があるやもしれない」

ポールディング艦長はジョーが切り放った棒を両手で握ってみせた。

「両手で握るのかね。日本の刀は？」

「このように！」

かれは棒を大上段に構えてからすっとテーブルの上に袈裟懸けに下ろしてみせた。

「その男ですよ。我が艦隊に日本のフラッグを最初に掲げたのは」

「ああ、バウに日本の旗飾りを掲げた男か。こっちの船からも望遠鏡で見たよ。確かに誇り高い顔をしていた」

「そのムシャがですな、船を止めるよう頻りに言ったのです。言葉が通じないので身振り手振りでね。とにかく若いのに熱心だった。自分の役目をよく理解し、責任感に溢れた男だった。

ムシャの説明がなかったら、我々はそのまま湾の奥に進み、間違いなく陸上から砲撃を受けたでしょう。そうすれば我々も反撃せざるを得ない。本国の訓令どころではなくなっていたでしょう。それに、かれの話では、砲撃が始まれば船上でも斬り合いになると――」

「その日本の刀でか――」

「そうです。あの右手の細く突き出した岬と左手の大きな岬を結んだ線から先に進むと自動的に砲撃することになっており、同時に戦闘開始となると言っていた」

「正に危機一髪だったわけだ。日本と砲撃戦となり、甲板では白兵戦が起きるところだった」

ワイマン艦長は船上で繰り広げられる白兵戦を想像した。

「ムシャのパントマイムに感謝しなければならないな」

ビッドル提督は真面目な顔つきで頷いた。

「かれの身振りではその日本の刀で攻撃をしかけ、日本人は最後に全員『ハラキリ』だと」

ポールディング艦長は自分の腹にテーブルのナイフを当てた。死ぬ覚悟でこの船に乗って来たということだと話した。

「日本人は我々より十インチは背が低い。リストの長さも体力も我々よりは劣っているはずだ。それが死を覚悟で当艦に乗船したと――。我々も決して油断はできないということだな」

「しかも、最後は『ハラキリ』だと！　どうも私には日本人が判らない」

横でワイマン艦長が、自分には東洋人の精神が判らないと大きく頭を振った。

「ワイマン君、私もその昔、一八一二年戦争で英国船に突入した時は、自分の命など考えなかったぞ。確か二十八歳の時だ」

ビッドルはそう言いながら自分の顎に手を当てた。

顎の先は骨が砕け凸凹となった骨格を縫い傷だらけの皮膚が覆っている。弾丸があと一インチずれていたら助かってはいなかった。

「ところで、提督、コロンバス号にやって来た日本人はどうだったのですか」

ポールディング艦長が訊いた。

「うむ――」

ビッドル提督は少々考え込み押し黙った。

三

実のところ、コロンバス号ではヴィンセンス号で繰り広げられたほどの日本人像が見えてこなかった。おそらく、過去に日本の長崎などで行われた日本と諸外国との交渉と同じ類《たぐい》の、格式張ったやり取りだったのであろう。

会議で日本人の多くは顔の表情を隠し、笑みを浮かべることも少なかった。

「一人だけ我が国の簡単な言葉を解する若い男がいたが、その男の名前は確かホリーだ」

「ホリーツリーのホリーですか」

「うむ、覚えやすい名前だ」

「かれは同席した日本の役人、確かナカジマと言っていたが、その男に異常とも思えるほど気を遣いながら通訳していた。おそらくホリーの身分はかなり低いのだろう。私の日本人に対する最初の印象は『強い身分制度』ということだ」

「ヴィンセンス号では日本人の身分制度など印象付ける行為はありませんでしたな。もちろん士官と兵と水夫の身分差はありましたがね」

「上官に対して蛙のように這いつくばることはなかったかね。当艦では、通訳のホリーは上官に徹底的に畏まり、上手く通訳できなかった時などには甲板にひれ伏して詫びていたのだ。公式の国交交渉相手である我々の眼前でだぞ。このようなことは我が国では到底考えられない」

提督はテーブルに両手と額を付け土下座の様子を再現した。

「こうしてな、甲板に額を付けたのだ――、テーブルではなく甲板にだ。こっちの方が驚いたよ。合衆国南部の奴隷ですら雇い主にああまではしない」

ビッドル提督は呆れ顔で首を横に振った。


提督がホリーと呼んでいる通訳は堀達之助二十三歳。この時は和蘭《オランダ》通詞末席に前年なったばかりで長崎から江戸に派遣されていた。

堀の英語教師は長崎出島の和蘭人であった。当然ながら発音は和蘭訛りが強く、ビッドル提督以下コロンバス号の者たちにどれほど正確に理解できたか判らない。また、堀にしても和蘭人の英会話からネイティブの英会話の世界に突然飛び込んだのだから、聞き取りに想像を絶する苦労をしたものと思われる。

しかも、堀の上役となった中島清司《なかじまきよし》は、江戸湾における日本最初の外交交渉の主席を務めるだけあって、情勢に対して正確な判断のできる高潔な人物であった。そのため堀は必要以上に委縮し、通訳が上手くできない場面では、中島の苛立ちや叱責に平身低頭、土下座までして詫びる場面も多かったものと思われる。

通詞の地位は諸外国との交渉が増え、重要性が増すに従って次第に上がったが、それはペリー来航よりさらに下った一八六〇年の遣米使節派遣以後のことである。

ペリー艦隊来航時に通訳として活躍する森山栄之助はまだ長崎におり、かれの英語力も未完成だった。かれが獄中のラナルド・マクドナルドから実践的な英会話を学び始めるのはビッドル提督の来航から二年後の一八四八年である。

つまり、戦艦コロンバス号が来日した弘化三年（一八四六）、日本には英語をまともに話せる者は一人もいなかったことになる。

「それで、日本の開国に関する回答は？」

「もちろん直ぐに出るはずはない。予想していたことだがね。かれらは私が手渡した質問状を持って帰ったから、今頃はその翻訳に必死だろう」

この時ビッドル提督が手渡した英文の質問状は堀達之助により、『弘化三年六月浦賀表江渡来亜米利加船願書、横文字和解』として翌日浦賀奉行所から江戸幕府へ届け出された。

横文字和解は幕府に対する米国側のひどく遜《へりくだ》った奏上文として訳されており、この辺りに堀達之助の身分と心境が表れていた。

「ポールディング君の話を聞いていると、我がコロンバス号にやって来た幕府の外交担当者とヴィンセンス号にやって来たムシャらとは別人種ほどの違いがあるな」

「そうですね。ムシャとその部下はまるで我が国の人間のようにオープンでしたよ。私にはかれらが互いに話している会話の内容までは判らなかったが、かれらの雰囲気はカレッジや兵学校の先輩後輩のようにオープンで、上下にとらわれることない実に明るい仲間という空気を私は感じました」

「兵学校の先輩後輩ね。ムシャの仲間がね」

ビッドル提督の頭には、終始表情を抑えて交渉に当たっていたナカジマやホリーの顔が浮かび上がった。そこには仲間の雰囲気などどこにも窺えなかった。

浦賀奉行所が異国船を相手とする海防を担うようになったのは、わずか二十六年前のことで、この頃、太平洋沿岸に出没していた捕鯨船の江戸湾侵入を恐れたからであった。

そこに突如現れたのが、コロンバス号であった。

外交現場の主席、中島も、たった一人の英語通詞、堀も、巨大戦艦の江戸湾侵入を阻止するために必死であり、現場の雰囲気は常にピリピリと張り詰めた緊張状態にあった。

これに対して、武者右衛門の役目は異国船の乗止めであり、検問であり、一旦戦火を交えることになれば命をかければ済む。そのことさえ覚悟していれば、あとは武人の腹をくくった覚悟と気安さのようなものがあったのであろう。

両者の役目の質が違っているのであるから致し方なかったが、このことが、アメリカ海軍東インド艦隊の提督に理解できるはずはなかった。

ジェームズ・ビッドル提督は交渉にやってきた役人の無表情な姿に落胆していた。

「連中は毎度同じことしか言わない。しかも、議論しようとしてもあの英語力では無理だ。次に日本に来る時にはオランダ語の通訳同行が絶対条件だな。明日、そのホリーと政府の代表者が来艦する予定だが、いずれにしても長崎には行かなくて良かった」

「そうですね。長崎だと、とんでもないことになっていた。なにしろ、日本人は長崎と江戸を歩いて通信しているというじゃないですか」

ワイマン艦長の日本人観はいつも批判的で手厳しい。

「その通りだ。ところで肝心なことだが、今のところ日本人は我が艦隊に敵対行為を起す兆候はないが、今後の成り行きや不測の事態で急変する可能性もある。警戒は緩めぬこと。ポールディング君、いいかね、日本人が如何に親しげであっても我々が考えるよりも遥かに狡猾かもしれない」

かれらは日本での第一日目が戦火を交えることなく無事に終えたことを祝して乾杯した。

ギヤマンの手鏡

一

まだ夜は明けていない。

昨日、南の風に乗って流れ込んだ湿気のため海上は強い濛気《もうき》に包まれていた。風はなかった。ヴィンセンス号の船上では、不寝番をしていた水兵が抑えていた眠気を我慢できずに大きな欠伸《あくび》をした。その時、海上を漂う濛気の先に何か物音を聞いたような気がして海上を凝視したが、何も変化はなかった。音は何かの軋み音のようだった。艤装品の軋みと判じると、水兵は再び強い睡魔に襲われた。

ヴィンセンス号には船首や艫、それに舷側の要所にランプが掲げられている。その黄色い光の反射を受けて濛気が海上をゆっくりと移動していた。その気の揺らめきがまるで催眠術の振り子のように水兵の睡魔を強く誘った。水兵は再び大きく欠伸をし、舷墻《げんしょう》にもたれたまま眼を瞑《つぶ》りしばし微睡《まどろ》んだ。

それはほんの一時だと思われた。

だが、その間に東の空が明るみ、辺りの濛気が流れ去りだした。

突然、船上にけたたましい警笛が鳴り響き、耳をつんざく拡声器の命令にかれは叩き起こされた。甲板は慌しく右往左往する水兵でいっぱいだ。寝ぼけ眼《まなこ》のかれは咄嗟には状況が呑み込めなかった。

「何だ。これは！」

かれが海上に眼をやるとヴィンセンス号もコロンバス号も膨大な数の日本の舟に囲まれていた。海中から湧き上がったとしか思えないほどの数だ。

非常警戒の号令に多くの水兵が剣付鉄砲を抱えて舷墻に駆け寄り銃を構え、全ての砲門が開かれ火薬と砲弾が充塡された。

「いつの間に！」

睡魔から目覚めた水兵はまるで魔法に包まれたかのように唖然として、海上を埋め尽くす舟艇を見つめた。日本の小舟はまるで池に散った無数の枯葉のように海面を漂っていた。

ポールディング艦長は副官の叩くドアの音で眼を覚ました。

「艦長、大変です。当艦隊は日本の無数の舟に取り囲まれております」

艦長は副官に急《せ》かされるままにガウンを纏《まと》うと甲板に出た。ヴィンセンス号の四囲は数えきれないほどの小舟に囲まれている。百や二百ではない。三百艘、いや五百艘はいるかもしれない。辺りの海面は全て小舟に埋め尽くされていたと言ってよいほどの膨大な数だ。

「一体何を考えているのだ。日本人は！」

ポールディング艦長は思わず吐き捨てるように言った。

「いつの間にこんなに多くの舟を集めたのだ」

小舟はヴィンセンス号の周囲を百から百五十艘、コロンバス号の周囲を二、三百艘が取り囲んでいる。いやもっといるかもしれない。決して気持ちの良いものではない。

「不気味なことをやりやがる！」

だが、そう言ってはみたものの、かれらに、アメリカ艦に対する攻撃の意思があるのかと言えば、そうでもなさそうだった。よく観察すれば、一つひとつの舟は小さく、魚網を積んだままのものさえある。船頭も日本の民俗的な漁師の服装の者もいれば、日本人特有の一枚の長い白布でできた下着だけの者もいた。つまり地元の漁師が駆り出されているということだ。

一部の舟に手槍を持ち日本刀を帯びた兵士らしき男が乗ってはいるが、大方の舟には武器の備えがあるわけではなく、戦闘態勢ではない。

「どう対処いたしますか、艦長」

「提督からは、手を出すな、日本人には危害を加えるな、と言われている。しばらくこのまま様子を見よう」

やがて、朝の陽がしっかりと顔を出す頃になると、いくつもの新たな小舟の船団があちこちの入江から現れこちらに近付いてきた。そして両艦の四囲を取り囲んでいたこれらの小舟の集団と交代した。

新しくやって来た小舟の一つに、昨日ヴィンセンス号に乗船した者の顔がいくつか認められた。

「艦長、あの舟に例のジョーがいますよ。早業のジョーが」

陳の指差す小舟には確かに昨日のあの男が乗っている。ジョーの二刀が美しい朱色に輝いていた。

「陳、例のムシャはいるかね」

「私も、ムチャを探していたのですが、ムチャの姿は見えないですね」

陳はしばらく眼を凝《こ》らして海上の舟を見つめていたが、諦めて首を振った。

「そうか、それではあの男を呼んでくれないか」

陳は舷墻に走り寄り、綾部城太郎の乗った小舟を手招きした。

「ジョーサン、ライライ」

陳は親しげに手招きした。それを認めた城太郎は船をヴィンセンス号に横付けした。

「ジョーサン、カンチョウ、ハナシアルネ、ライライ」

「だめだ、勝手に亜米利加船に乗ることは許されていない」

かれはそう言って、懐紙を取り出し、

『我一人乗船不能哉』

と書いて示した。異国船との折衝に限らず、多くの折衝では複数の役人が立会い、互いに監視させて不正を防ぐという習慣が、江戸時代の長い期間に確立されていた。

異国船への乗り込みということになると、当然ながら安全上の問題もあった。

「城太郎様、あそこに浦賀奉行所の番船が――」

政吉が指差す方角に眼をやると、伝馬舟の合間に浦賀奉行所の幟を立てた番船が一艘浮かんでいた。城太郎は船を奉行所の番船に漕ぎ寄せさせた。

乗船していたのは平同心の笹本喜重郎だった。

喜重郎は昨年まで浦賀奉行所鉄砲組の足軽であったが、最近、浦賀奉行所の同心笹本家に婿養子に入り同心の地位を得た男で、人柄に少々癖があった。子供の頃かかった疱瘡《ほうそう》のため顔中に痘痕《あばた》が残っていて、これが本人の意思とは別に物事を斜に見ているような印象を他人に与えている。歳は既に四十を超えていた。

城太郎は昨日の経緯を簡単に説明し、異国船艦長から乗船を求められていることを喜重郎に相談した。

「綾部殿、拙者は奉行所鉄砲組の小頭として、あの剣付鉄砲を手に取り研究したいと考えておったところよ。これはちょうど良い機会だ。是非一緒に乗り込み探索を行おう」

喜重郎は異国船に乗り込むことを主張した。

城太郎と喜重郎の船がヴィンセンス号に近付くと、ポールディング艦長と陳が舷墻から身を乗り出し、水兵に舷梯《げんてい》を下ろさせた。

二人がヴィンセンス号の甲板に立つと、待ち構えていた艦長が昨日と同様に右手を差し出した。城太郎は昨日の様子を思い出しながら手を差し出し、艦長と大きく手を振り握手をした。喜重郎も見様見真似で握手をしたが、顔は緊張のため硬かった。

艦長は手招きして二人を艦長室へと誘った。厚い緞通《だんつう》が敷き詰められていた。かれらが用意した酒で乾杯をすると、艦長は自分の執務机に座り、煙草を取り出し二人に勧めた。綾部城太郎は煙草を嗜《たしな》まないが、笹本喜重郎は満面に笑みを浮かべた。西洋煙草を手にした喜重郎は艦長の真似をして太い葉巻煙草を口に当てて大きく吸った。だが吸い慣れていない煙を一度に多く吸ったため、かれは咽《むせ》てゴホンゴホンと大きく咳をした。西洋の太い葉巻煙草は刺激が強すぎた。かれは自分の煙草入れでもみ消すと、その葉巻煙草を懐紙で包み懐に収めた。

艦長室には様々な絵が飾ってあった。西洋の自然な風景や建物が色彩豊かに描かれている。城太郎は異国情緒豊かな一つひとつの絵に興味深く見入った。

その中に、色彩は全く使われてはいないが人の姿がまるで生き写しの絵があった。ギヤマンの板と額に収められている。

掌より少し大きめのその絵の中で一人の美しい西洋女性が微笑んでいた。艦長は自分の妻だと言っているようで、ギヤマンの額ごと大切そうに胸に抱いた。

「ホトガラフ?」

城太郎は鸚鵡《おうむ》返しに繰り返した。

『相片』

陳は懐紙に書いて説明しようとした。

西洋には人の姿や物をそのまま映してしまう技術があるようだということだけが理解できた。ギヤマンの額の中の西洋女性はまるで生きているようだった。

城太郎が気付いたもう一つの舶来品は小さなギヤマンの小瓶だった。それは舷窓からの光を受けてまるで江戸切子のように美しく輝いていた。

城太郎が手に取ると艦長は小瓶の蓋を開けて見せた。甘い香りが辺りに漂った。艦長はその香りに妻を思い出すかのように眼を細めた。城太郎は小瓶をそっと元の位置に戻した。その横にやはり同じように縁を飾った銀製の手鏡が置かれている。鏡面はやはりギヤマンだ。そのため、鏡に映る自分の姿はまるでもう一人同じ人物がいるかのように鮮明だった。

「コレ、スキ、キライ?」

城太郎は手鏡の中の自分自身をじっと見つめた。

「ジョーサン、オンナ、アル、ナイ?　コレ、アゲルヨイ」

好きな人にあげたらどうだ、と単刀直入に言われたので、城太郎はぽっと頬を染めたが、手を横に振って直ぐに打ち消した。

陳は艦長の指示で艦長室の戸棚を開き、分厚い絹製の布に包まれた物を取り出した。

絹の布を開くと中から出てきたのは妙な形をした新式の短筒だった。

二

短筒は不思議な形をしていた。

銃口はちょうど蓮根を輪切りしたように六つの穴があいていて、片手で握るというより支えて持たなければならないほど重い。銃身を六つ束ねたような形だ。その太い銃口を順次回転させることによって連続で六回銃弾を発射することができた。新式短筒のようだった。

城太郎が物珍しげに見入っていると、艦長はその短筒と城太郎の二刀を交互に指差し微笑んだ。眼が交換しないかと言っている。

城太郎は手を振りながら尻込みした。

『不能哉！』

城太郎は刀との交換を直ちに断った。

だが陳は艦隊提督の希望だと言い、艦長の物腰にも交換を求める強い意思が感じられた。

もともとビッドル提督は東洋の文化に大変強い関心を持っており、中国ではかの地の陶器磁器、書画を数多く購入した。そして今、ポールディング艦長の話を聞いた提督は、城太郎の日本刀に強い関心を示すようになったのだと事情を話した。

「これは日本と亜米利加の文化・技術の交流であり、互いの理解に貢献するに違いない。提督も大いに満足し、日本とアメリカの平和のためにもなるのです」

ポールディング艦長は、城太郎の二刀と短筒の交換に熱心であった。

だが、いかに亜米利加海軍提督の要望であっても、城太郎には抜刀の権限も二刀を異国人に提供する権限も持ってはいない。昨日は武者右衛門の許しがあったから、抜刀できただけのことだ。城太郎は武者右衛門の許可が無い限り難しいと答え続けた。

その横では笹本喜重郎が短筒を手に取り頻りに操作し始めた。弾は込められていない。艦長は喜重郎の手から短筒を取ると、彼らの眼の前で短筒の銃身を回転させた。蓮根の穴のように見える。太い銃身はクルクルと回転した。

横で陳が説明し、指で銃を撃ち放つ真似をした。

艦長は蓮根形の銃身を左手で握り、右手で一瞬のうちに引鉄《ひきがね》を引いた。カチッという音がし、撃鉄を起すと直ぐに蓮根形の銃身が自動的に回転した。そうして引鉄と撃鉄に指をかけるごとに蓮根形が回転し、一瞬のうちに第一弾、二弾、三弾と六弾まで連続して発射できる仕組みとなっていた。最後に艦長は手際よくその太い銃身を握って、喜重郎に短筒の握りの方を差し出した。その銃捌きは見事といって良かった。

ポールディング艦長の銃捌きはまるで手品を見ているかのようでもあり、銃がまるで生き物のように艦長の掌で転がった。

喜重郎の銃に対する関心は強かった。

艦長から銃を受け取ると、同じように自分の左手で蓮根形をクルクルと廻して見せ、回転するごとに引鉄を引いてみた。初めてにしては操作手順が良い。

陳が横で手を叩きその技を持ち上げると、喜重郎の痘痕だらけの顔に笑みが浮かんだ。

「おい、綾部殿、敵の新式短筒探究のためなら、短筒と刀の取替えが許されるのではないか」

「しかし、我が藩では物品のお取替えも購《あがな》うこともご禁制とされている」

笹本喜重郎は頻りに太い銃身に彫刻されている文様に指で触れた。象嵌《ぞうがん》はされてはいないが美しい。もしも同じような回転銃を日本で製作したら、日本の職人はきっと金の象嵌を美しく施すであろう――。

「この短筒は玉六発を続けて発射できる仕掛けだ。こいつは凄い。これは、是非ともこの場で刀と取替えて、我が国でも仕掛けを探究する要があるぞ。そう思わんか。敵を知り己を知るは兵法の元だ」

喜重郎は、そう言うなり自分の腰の二刀を慌てて外し艦長の眼の前に置いた。

「拙者の二刀を差し出す。是非ともこの短筒とお取替え願いたい」

艦長は喜重郎の刀を抜いて刃紋を確かめ、薄紙を切ってみた。良く切れる、悪くはない。だが艦長は城太郎の腰の二刀に対する執着が強かった。城太郎の刀はかれが若い分、拵《こしら》えが派手だった。朱色の鞘に白く輝く鮫肌の柄、下緒《さげお》柄巻の組み紐の色合いもアメリカ人好みだ。しかも、その切れ味は既に実証済みだった。

それに比べると喜重郎の刀は地味だ。持主の性格をそのまま映しているかのように渋い黒色と鉛色で配色された実戦向きの刀だ。艦長は首を横に振った。

「私の刀では駄目だと言うのか！」

陣が腕を組んで頷いた。喜重郎は不満を露わにした。

艦長は手鏡と香水の瓶を城太郎に示した。

城太郎の二刀を差し出すのであれば、短筒に玉五十、手鏡と香水を付けると言った。

喜重郎は自分の二刀での取替えが無理と判ると、城太郎の刀を差し出すよう勧めた。

「敵の銃と短筒を探究するためだ、私は亜米利加の新式の短筒の仕掛けの委細を探究し、日本の銃の向上のお役に立ちたい。これは千載一遇《せんざいいちぐう》、又とない好機だ。もしも、お主がいやなら、明日、私の業物《わざもの》二刀をお主に進ぜよう。それに、その手鏡と西洋のギヤマンはお主がもらい受ければ良いではないか。私が誰にも言わずに黙っていれば誰に知られることもない」

その時、城太郎の脳裏にふとおみやの顔が浮かんだ。

このように美しいギヤマンの手鏡や香を手にしたら、おみやはどれほど喜ぶことか。

それに、腰の二刀は城太郎が持っている数振りの刀の中では出来の良くない方だ。業物の大切な刀は潮風で錆びることを恐れて大切にしまってある。

大した出来ではない刀と新式の短筒が交換できて、日本の短筒の進歩のお役にも立つ。喜重郎の言う通り交換条件は悪くはなかった。さらにギヤマンの手鏡に香の容器。

「よし、判った。全ての責は浦賀奉行所の拙者が負う」

平同心となったばかりの喜重郎に責任など取れるはずもなく、まして浦賀奉行所を代表する立場にもない。

「しかし――」

城太郎には迷いが強かった。

だが、喜重郎は幕府の直参の浦賀奉行所同心であり、城太郎は川越藩という親藩ではあるが陪臣の身分だ。しかも喜重郎は城太郎より遥かに年長者だった。

城太郎は折れた。

新式の短筒は笹本喜重郎の懐に収まり、綾部城太郎の腰からは二刀が消えた。そして懐にギヤマンの手鏡と香の容器が残った。

魔が差した――。

と気付いた時、城太郎の軍船は三崎浜に着いていた。

三

黄色い行灯《あんどん》の光の中でギヤマンの容器が妖しく光っている。なんと美しいことか。小さなギヤマンの容器は無数に細い文様が刻まれている。その研磨されている部分に淡い光が当たり、きらきらと乱反射した。ギヤマンの蓋を開けると中から何とも言えない甘い香りが流れ出した。おみやはその少しねっとりした液体を自分の耳の下にそっと付けた。香りが体全体を優しく包んだ。まるで西洋の女の恋や愛の情熱がほとばしるかのように、香りはおみやを包み込んだ。

手鏡の縁は銀製で少し黒くなっていたが、鏡面は透明なギヤマン。夜の薄暗い室内でもおみやの顔をはっきりと映し出した。よく見ると自分の鬢《びん》の細い毛一本一本までもが確かめられる。

おみやは鏡の中の自分自身に陶然とした。まるで別人のような美しい女が鏡面の中でこちらを見つめている。彼女は鏡の中の自分に微笑んでみた。自分でもうっとりするほど美しい唇が薄く開きこちらを見つめていた。

ギヤマンの鏡は人の心も映してしまうのかしら――。

おみやはふとそんな気持ちに包まれてから急に顔を曇らせた。

このような西洋の珍しい鏡を城太郎からもらったことは紛れもなく嬉しい。だがその気持ちとは別に、異国船から南蛮渡来の物品をもらって大丈夫なのだろうか、という心配も強く過《よぎ》った。

城太郎様も、他人には決して見せてはいけないと言っていた――。

昨年の三月に亜米利加の鯨捕りの船が来航した時にも、村々には触れが出て、決して異国船と物の売買や交換をしてはならないと、きつく戒められた。一部に上手くやった者もいると耳にはしたが、それでも、かれらは挙《こぞ》って屋根裏に隠したり海に捨てたりして痕跡を消した。

それを言わば取り締まる側の川越藩藩士が行って大丈夫なのだろうか。

おみやは急に不安に包まれた。

父親の安五郎が寄合から帰って来たのは、おみやがギヤマンの香の容器を元の袋に戻した時だった。廊下をどしんどしんと激しい足音を響かせて安五郎が帰って来た。

歩き方は昔から変わらない。踵《かかと》を板に打ち付けるように歩くので、その音を聞いただけで安五郎であることが知れた。障子を少しずらすと、

「おい、おみや。今帰ったぜ――」

いつもの猫撫で声を上げた。おみやには目が無い。

だが障子から首一つ部屋に差し入れ、直ぐに香の匂いに気付き鼻をクンクンさせた。

「おみや、なんだこのへんてこな匂いは」

「――」

「お前、匂わねえのか。何か気色の悪い甘ったるい匂いが」

夜遅くなって帰って来た安五郎は、いきなりかれの鼻腔を突いた甘い匂いに鼻をヒクヒクさせた。

声の調子が尖っている。

異国船騒動で停止している商売のことで苛立ちが募っていた。

安五郎は異国船騒動以来、寝る暇もないほどに忙しかった。早朝から深更まで名主や漁場の関係者との寄合に追われている。三崎の全ての漁民は異国船警備に駆り出されていた。船頭は自分の押送船《おしおくりぶね》とともに異国船の包囲の任に交代で就き、海上での任務を外れた者も安房崎《あわさき》砲台などの整備に人足として駆り出され、そして兵糧や資材の運搬などの雑務に就いていた。

浜の女たちも駆り出された。彼女らはこれらの三崎漁民と川越藩士の兵糧の炊き出しに追われ続けている。三崎の浜にはいくつもの小屋が掛けられ大鍋の炊煙がいく筋も立ち、たなびい

ていた。

そして、これらの差配を、三崎陣屋と名主の指図のもと安五郎などが行っていた。

三崎浜の漁労は停止し、鮮魚の売買も品川宿への販売も停止していた。

三崎浜のみならず江戸湾湾口の村々では全ての漁労は停止している。それだけではない。蔵に蓄えてある膨大な数の干魚も警戒任務の糧秣として供出させられている。蔵の蓄えが底を突くのは時間の問題だった。


安五郎の妻、お里は十年ほど前に長患いした後に死んだ。安五郎はお里に、おみやを必ず真っ当に育て嫁に出すと約束していた。それ以来、好きだった酒を止め、今日この日まで後添いももらわずに一人でおみやを育ててきた。

だが、今日この部屋中を包んだ香は尋常ではない。どこかの女たらしの傾《かぶ》いた役者がつけるような甘い香りが我慢ならない。香りが鼻腔を刺激した途端、理由のわからない怒りに包まれた。異国船騒動が長引いているという苛立ちがこれに輪をかけた。

「お前、何でぇその香は！　いくらお前と綾部様が互いに良い仲でも、その香はないぜ。真っ当な女が付ける香じゃぁねえ！」

安五郎の発した言葉はきつかった。

常日頃、安五郎は綾部城太郎のことを悪く言ったことはない。だが、心の底にはいつもいくばくかの不安を抱えていた。

もしも綾部城太郎の親や親類縁者が二人の仲を割こうとしても、それを撥ねつけてまでおみやを守ってくれるだろうか——。

安五郎のそんな心配をよそに、無防備に派手な香を付けているおみやに無性に腹が立ち、言葉も尖った。

混乱し矛盾した気持ちが安五郎の心の底で渦巻いていた。

「おとっつぁん、城太郎様がこれを——」

おみやは安五郎の眼の前にギヤマンの香の容器と手鏡を差し出した。

「何だ、これは。南蛮物じゃねえか」

安五郎の眼が点となり南蛮物を凝視した。

「城太郎様が私に——」

ギヤマンの香が再び部屋に漂い始めた。

「もらったのか?」

安五郎は小声で首を突き出した。

おみやは黙って頷いた。眼は畳に落としたままだ。

異国船との取引は固く禁じられている。売買はもとより、物々交換も許されていない。もしも城太郎がおみやを喜ばせようと不法にこの品を手にしたとすれば、ただでは収まらない。

一体どのようにして入手したものなのか。どのような理由があろうと許されるはずのない行為だった。

安五郎は畳に置かれた手鏡を手にした。

西洋の花と唐草が鏡面を縁取っている。かれはその縁取りの中に自分の顔を発見して思わずドキリとした。まるで他人に見つめられているような気がしたのだ。それは長い間見つめることもなかった初老の男の顔だった。自分が考えていた以上に歳をとり、鬢横の髪に白髪が目立つ一人の男がこちらを見つめていた。

かれは、手鏡を畳に戻すと長い間腕を組んで黙り込んだ。

「これは俺が預かる。お前は綾部様の気持ちだけを大切にいただいておけ」

「はい、お願い致します」

おみやは安五郎の言葉に素直に従った。

「明日、綾部様にそっと戻し、異国船に返すよう伝えよう」

「はい、お願いします。私もそのことが急に心配になり、どうしたものか考えていました」

安五郎はそれぞれを丁寧に懐紙で包み、さらに厳重に綿布に包み仏壇の奥に収めた。


綾部城太郎の気立ての良さは安五郎も認めている。士分と町民の身分差を超えた親しみや優しさが安五郎にも伝わってきている。だが安五郎には二人が身分差を乗り越えられるとは信じられなかった。綾部城太郎はいずれ武州川越に帰る身であり、川越藩同心の身分だ。

安五郎は端《はな》から無理な話だと決めつけていた。

であれば、二人の気持ちが強くなる前に引き離さないと後々辛い思いをすることとなる。

安五郎はおみやにそのような思いをさせたくなかった。

それで、安五郎は内々に内池武者右衛門に相談を持ちかけたことがあった。それはもう二月も前のことだ。だが話を聞いた武者右衛門の言葉は安五郎とは正反対だった。

綾部城太郎の気持ちは遊びではないと言う。

そしてまだここだけの話だがと前置きして、城太郎からおみやとのことを相談されているのだと耳打ちした。

この秋にでも川越に帰った折に、武者右衛門自身が城太郎の両親の説得に一役買うこととなっていると打ち明けたのだった。

浦賀奉行所同心目付

一

江戸湾には日々数多くの廻船が、北は奥州や蝦夷地《えぞち》、南は大坂、紀州方面から米や酒、魚類そして木材を積み込んでやってくる。これらの廻船は江戸湾に入る直前に浦賀湊《みなと》の船番所で船荷改めを受け、江戸に移入される物資の検査と記録が残された。江戸の消費物価は享保年間以来この原始的とも言える、だが最も確実な移入数量の管理と調整で行われていた。

だが異国船騒動以来、江戸湾に入って来る廻船は一艘もなかった。また江戸湾から出て行く廻船もなく、全ての廻船業務が停止状態となっている。

江戸湾沿岸の村々の押送船も五大力《ごだいりき》船も浦賀奉行所や藩の徴用で出払い漁業は完全に停止していた。

代わって、二隻の巨大な異国海軍の軍艦が江戸湾の隘路《あいろ》ともいえる野比村沖に投錨し、これを警戒する川越藩と忍《おし》藩の軍船、そして奉行所の番船や駆り出された漁民の小舟が数えきれないほど展開していた。

この日、軍船には五大力船や押送船よりさらに大きな千石船十六艘も警戒に加わった。

異国船来航の直前に浦賀湊に入港した廻船のうち十六艘が船頭、水手ともに幕府により徴用されたものだ。これは言わば戦時徴用ともいえる措置で船主は拒否できない。その代わりに涙金が徴用の日当として支払われた。

十六艘のうち六艘ずつが川越藩と忍藩に貸し与えられ、四艘が浦賀奉行所の江戸湾警護に当てられている。

江戸湾に姿を見せた亜米利加海軍の巨大戦艦を前にして、小船策が机上の空論であることを思い知らされた幕府は、千石船を配置して異国船の江戸湾侵入を阻止しようと考えたのだ。少なくとも千石船を異国船に体当たりさせれば、船腹に穴をあけることぐらいは可能だ。異国船が大量に配置した漁民の押送船を次々に押しのけて江戸湾に侵入しようとした場合、千石船は最大速度で異国船に突入し船体を壊す。これが、もっとも単純で可能性の高い戦術だと思われていた。

しかし、異国船が配備している大筒は余りにも巨大で数が多い。

これに勝つにはこちらも千石船に大筒を配備し、異国船に接近して砲弾を撃ち放つという戦術が有効であると、異国船を前にして初めて気付かされたのだ。

だが、それには現在武装されていない千石船に大筒を配備して砲術方の兵を配置しなければならない。大筒に予備はない。そのため各藩の台場配備の砲を取り外して千石船に取り付けなければならなかった。

内池武者右衛門は川越藩指揮下の千石船への大筒と砲術方の配備の指揮を執りながら、浦賀奉行所や忍藩との調整に追われ続けていた。

異国船と砲火を交えることは避けなければならない。だが、砲火を交える覚悟をした時に初めて、こちらの武備の欠点や相手の軍備の真の姿が見えてくるものだ。

江戸湾防備は武者右衛門らが肌でじかに感じた通り、穴だらけであった。

異国の技術の高さは、水の供給一つを取ってもそれまでの日本の常識を超えていた。

天保薪水令《しんすいれい》により、異国船に対しては無条件で水と薪を供給しなければならなかった。清水《せいすい》は三浦半島のいたる所にある。だが、陸で回収した清水を異国船に移動しようとすると、これには想像を絶する困難が待ち受けていた。

異国船は世界最大級の戦艦である。二艦にはおよそ一千名の異国人が乗船しており、その一日に消費する水は膨大だった。日本の菱垣廻船の水手十二、三名で消費する水の量とは比較にならなかった。

薪と水・食料は無償提供するから大人しく出て行け――。

これが幕府の方針である。

異国船が大きすぎるのでとても清水の積み込みができないなど、口が裂けても言えない。

一千名分の水をどのように異国船まで運ぶのか――。

これは難問であった。

当時の日本には水を大量に運ぶ十分な方策はなかったのだ。

取られた策は伝馬舟の樽を利用しようとするものだった。

江戸と地方を行き来する廻船には伝馬舟が積み込まれ、廻船と湊との連絡や運搬に使用されている。そして全ての伝馬舟は必ず樽を積み込み、これにより自船への水の供給を行っていた。

この伝馬舟と樽を利用して異国船への水の供給を行おうとした。

だが、樽一杯の水が十二名の水兵水夫の生活水と考えても、異国船二艘で一日に延べ百艘を超える伝馬舟や押送船が異国船と陸を行き来しなければならない。しかも、これでは異国船が江戸湾を出航した後の航海に必要な水を十分確保したとは言えず、異国船に出て行ってくれとも言えない。

水の供給に、幕府は滑稽なほど必死であった。水の運搬と供給には水舟《みずぶね》も使われた。

水舟は神田上水や玉川上水の余った水を舟腹に詰め込み深川方面の掘割へと運び、水売りを商いとしていた舟だ。隅田川河口付近は埋め立て地のために井戸を掘っても塩分の多い水や汚泥まじりの水しか出てこない。水舟はこれらの地域に生活水を供給していた。

幕府は江戸霊岸島の四郎左衛門配下の水舟二十八艘を駆り集めた。

この日、異国船の周囲はこれらの水舟や伝馬舟で埋め尽くされた。大きな樽に水を詰め込んだ伝馬舟や水舟が次々とやって来ては異国船の周辺で積み込みを待機した。

異国船が水舟や伝馬舟の樽から取水する方法は日本人には考えもつかない新しく合理的なも

のだった。中心部が空洞のぐにゃぐにゃした綱（ホース）が清水の樽に差し込まれると、水は瞬く間に吸い上げられて樽を空にした。

ちょうど日本の竜吐水《りゅうどすい》の逆の原理で水は異国船に吸い上げられている。

この不思議な発案と技術に、日本の番船の藩士も水手も驚きと畏敬の念を以《もっ》て作業を見つめ続けた。異国船はまるで巨大な鯨のように次から次へと水を飲み込んだ。


人びとの関心は異国船の新しい技術や文化に集中していたが、綾部城太郎の心は後悔と不安で揺れ続けていた。

城太郎は昨日の早朝、三崎浜で安五郎に呼び止められ、久野屋の奥でギヤマンの手鏡と香を返された。安五郎の言葉は優しかった。だが言っている内容はきつい。

安五郎は商売人であるだけに身に降りかかる危険や災難の予知には敏感だった。

「直ちにお返しなされ」

と、きっぱりと言い放った。

「これは綾部様とおみや、二人のためです」

この日は城太郎に出番はなく、異国船警戒に関して、川越藩台場との調整や忍藩への連絡に走って一日が終わった。そのため、ギヤマンの香の容器と手鏡を返す機会はやってこなかった。

翌日、再び警戒船に乗りヴィンセンス号周辺の警戒任務についた城太郎は、安五郎に言われた言葉が耳につき終日離れることはなかった。懐に手を差し入れると手鏡と香の容器を包んだ綿布に指が触れる。その少しざらざらした綿布の感触が城太郎を苛立たせた。

腰には新たな二刀を帯びている。

内池武者右衛門に相談しようにも武者右衛門は千石船の上で、戦闘準備に余念がない。三崎と大津陣屋や浦賀奉行所を走り回り、下知の通達や確認で眼の廻るような忙しさだ。

城太郎は笹本喜重郎から短筒を返してもらい、異国船に全てを返し、自分の二刀を取り戻せば、元通りに丸く収まる話だと考えて気を静めた。

喜重郎を見つけて短筒を返してもらうことが先決であった。

混雑する海上には昨日より多くの番船が行き来し、浦賀奉行所の船は容易には見つからなかった。一刻も早く喜重郎を探し出し、異国船に短筒と手鏡などを返さねばならないと気は急くが、数多くいる番船の中に、喜重郎の姿は見当たらなかった。かといって、密集している番船や清水運搬舟の中を抜け、自分だけが異国船に乗り込むわけにもいかない。

異国船から城太郎の姿は間違いなく見えるはずだ。だが、一昨日のように陳や、艦長が、姿を現して城太郎に声をかけ手招きすることはなかった。昨日はあれほど積極的に城太郎と喜重郎を迎えた異国船は、今日はまるで変心したかのように空々しく思えた。

一体あの艦長や南京人たちはどうしたというのか――。

この日、城太郎は行き交う伝馬舟の中から笹本喜重郎を終日探し求めたが会うこともなく、また懐の手鏡を返す機会も見つけることはできなかった。城太郎は強い不安に包まれた。

二

夕刻、綾部城太郎は三崎陣屋に戻ると浦賀奉行所鉄砲組、笹本喜重郎宛てに手紙を書いた。ギヤマンの手鏡を返し二刀を取り戻すにはどうしても短筒も返さねばならない。

『至急面会し、例の物を返したい。ついては明日再度異国船警戒時、持参されたし。又は厳重梱包の上当藩船頭政吉に手渡されたし』

城太郎は手短に用件のみを記入し、自分の警戒する予定の時間を書き足した。公にできる話ではなかった。夕刻、かれはその手紙を大津陣屋へ向かう政吉に預け、帰路浦賀奉行所に立ち寄るように言いつけた。

政吉は日がとっぷりと暮れた頃三崎陣屋に戻り、城太郎の長屋にやって来た。二人はそのまそっと外に出た。

満天に星がまたたいている。異国船騒動が嘘のように静かな夜だ。

「笹本様とは会うこと叶いませんでした」

かれは手紙をそっと城太郎に返した。

「それが――、取り次いだ同心の様子が何やらおかしいのですよ」

と声を潜めた。

「どのようにおかしいのだ」

「いえ、あっしはね、笹本様の長屋をお訪ねしようと、奉行所の見知っている足軽に声をかけたのです。そいつが同心目付を一人連れて来ましてね。笹本に何の用件だと、しつこく訊かれましてーー」

「それで、どうした？」

政吉は再び声を落とした。

「あまりにしつこいもので、これは綾部様のお名前を出さない方がよろしいかと思い、『川越藩三崎陣屋の船頭政吉まで連絡がほしい』とだけ伝えておきました」

「そうか、いつもであれば誰かが取り次いで、呼び寄せてくれるのだがーー」

妙な話だが城太郎は平静を装った。

「へえ、その同心の顔つきに険があったので、ちょっと気になりまして、手紙もお預けできませんでした。申し訳ねえです」

「その同心目付はなんという名前だった？」

「肥田何とかと言っていたような気がいたしましたが」

「肥田仁平次かーー」

厭な奴の眼にとまったものだ、と城太郎は思った。幕府直参であることを笠に着て川越藩士に物を言うような男だ。

「そうか、それは賢明だった。ご苦労」

「それに――」

政吉は言いかけて口籠った。

「どうした――」

「実は奉行所の帰路、ずっと男に後をつけられまして、三崎の東之町で撒いて物陰から観察しましたところ、どうも奉行所の横目《よこめ》のようでした。あっしは光念寺の墓場を抜けて陣屋へ戻りました。夜の墓場はどうもいただけませんが、抜け道にはちょうど良かった」

政吉はふと笑みを浮かべた。

綾部城太郎の顔が曇っている。

「綾部様、何か御心配事がありましたら、武者右衛門様に御相談された方がよろしいのではありませんか」

「そうだな――」

城太郎の声に元気がなかった。

「しかし、武者右衛門様もあの通りお忙しい身、なかなかお会いする機会がないのだ」

「では、あっしが武者右衛門様にお会いした時に、そのようにお伝えいたしましょう」

城太郎は平静を装った顔で政吉を帰したが心は穏やかではなかった。

三

浦賀奉行所の空き長屋の一室に蠟燭の火が心もとなげに灯っている。

その淡い光に照らされた、まるで老人のように精彩を欠いた男の影が映っていた。先ほどから影は少しも動くことなく彫像のように固まっていた。

笹本喜重郎は、終日この長屋に留め置かれて一日が終わった。取調べはなかった。

二日目、朝から続いていた同心目付肥田仁平次の取調べが漸《ようや》く終わったところだった。異国船の新式短筒を所持していることは、まだ話してはいない。短筒は自宅の屋根裏に隠してある。だが、自宅である以上、発見されれば、全ての嫌疑は自分にかかってしまう。当面、油紙にでも包み、外の藪や石垣の裏にでも隠しておくべきだった、と後悔した。

奉行所での取調べは、今のところ自分に対してのものではない。

一緒に異国船に乗った川越藩同心、綾部城太郎が乗船時には二刀を腰に付けていたにもかかわらず、下船した時には無腰であったことを訊かれている。いろいろと訊かれたが、喜重郎は一切口外していなかった。そのために喜重郎自身も何かを隠していると疑われていた。

浦賀奉行所の足軽の誰かが密告したものか――。

今日のところ、喜重郎はしらを切った。『知らぬ、存ぜぬ』で押し通した。だが、明日はそのようなわけにはいかないかもしれない。

その時になんと言い訳するか――。

喜重郎の頭の中はそのことだけで逡巡していた。

ただ、救われるのは自分の刀を差し出さずに済んだことだった。自分の二刀や物が交換品として異国船に渡っていない限り、客観的にも、証拠上も自分が交換を勧めたとは思われないに違いない。

新式短筒を自宅に隠し持ったことについては、日本でも短筒の仕掛けを探究し、新しい短筒を創るべきとの上申書にまとめてから同時に提出する気でいた、と主張すればなんとかなるに違いない。なにしろ、自分は奉行所鉄砲組小頭なのだから理由は立つ。

綾部城太郎には気の毒だが、他に方策や理由は考え付かない――。

喜重郎は、そう考えて板敷にごろりと横になった。浦賀奉行所を代表して自分が責を負うかと言って新式短筒との交換を勧めたことなど都合よく忘れていた。

拘束されているわけではなかったが、この日は家に帰ることを禁じられた。戸口には足軽二名が杖を手に立哨している。

喜重郎は、綾部城太郎について何か思い出したら連絡せよ、と命じられていた。

明日は、全てを思い出すこととしよう――。

かれが、そのように考えて眼を瞑った時、長屋の戸が引き開けられ、同心目付の肥田仁平次が再び入って来た。

「笹本殿、思い出されたかな──」

同輩を調べるのに薄い笑みを浮かべている。厭な奴だ。

「先ほど、川越藩三崎陣屋からお主に使いが参ったぞ」

喜重郎は使いと聞いて緊張した。もしも綾部城太郎がやって来て何かを言ってしまえば、場合によれば自分の言い訳は立たなくなる。

「何か？」

喜重郎はとぼけた。

「三崎陣屋の船頭政吉に連絡を欲しいと――。お主、そろそろ何か思い出しても良いのではないか？」

「はあ」

できることなら、まだとぼけ通したい。今晩ゆっくりと考えて自分の立場の安全を図らねばならない。かれは再びとぼけた。

「はて、川越藩三崎陣屋の船頭に連絡ですか？」

しかし、このとぼけ方が不味かった。肥田仁平次は態度を変えた。

「いい加減にしろ。拙者はお主の身の安全を考えてこうして長屋で話している。この話を知っているのは、まだ拙者と秋元様だけだ」

秋元吉次郎は浦賀奉行所の与力の一人で肥田仁平次の上役に当たる。

「だが――」

肥田はそう言って言葉を切った。

「だが、時と場合によってはそうはいかぬ。お主、苦労して漸く笹本家の後家と婿養子の縁を結び、同心鉄砲組小頭の地位を得たばかりであろう。異国船との通商は理由の如何《いかん》を問わず御法度だ。そのことを判っておるのであろうな。お主、この始末を誤ると全てを失うぞ。拙者は奉行所同輩からそのような者を出したくない」

「はっ、は――」

喜重郎は深々と頭を板敷に触れて伏した。体に抑えのきかない震えがきている。その震えを、額を板敷に押し付けることで抑えた。

「川越藩の綾部城太郎が異国船から何かをもらい受けたことは判っている。腰の二刀と取替えてな。だから、異国船から戻った時には腰から二刀が消えていた。そうだろう、ええ？」

「はい」

喜重郎は再び頭を深く下げた。

「下の番船で待っていた奉行所の足軽や水手からも既に話は聞いておる。判っていないのは何とお取替えしたのかだ。異国船に乗り込んだのはお主らだけだ。お主が知らぬ、存ぜぬと言い張るのはいかにも不可解千万。それともお主が綾部をかばうのには何か理由《わけ》があるのか」

「――」

喜重郎は覚悟を決めた。

仔細は、昨日から考えていた理由で話そう――。

頭を擦りつけた喜重郎の口元から板敷にたらりたらりとよだれが垂れた。

新式短筒

一

朝の陽は与力役宅の障子を通して淡い光を投げかけている。

昨夜より笹本喜重郎は一睡もしていない。どのように言い訳をするか考え続け、気付いた時、外は明るくなっていた。

昨夜は肥田に、

『明朝、秋元様の前で全てをお話し致します』

と約束し漸く解放された。寝不足で眼頭が重い。

浦賀奉行所与力の秋元吉次郎の前に油紙の包みが置かれていた。包みが解かれると、中から見たこともない形の新式短筒と銃弾が顔を出した。秋元は短筒を手にすると銃口を覗き込んだ。蓮根のように穴が六つあいている。

「その蓮根穴に火薬と銃弾を詰めます。火打ち鉄を引き上げるごとに銃身が回転する仕組みです。一弾撃つごとに蓮根穴が一穴だけ次へと回転するのです」

喜重郎はここぞとばかりに声を高め、胸を張って説明した。

「仮に我が国の銃と対峙した時、我が国が一弾撃つ合間にこの銃は六弾撃つことができるでありましょう」

秋元は話を聞きながら頷いている。喜重郎は心持ち安心した。

「お主は新式短筒の探究をしたかった、と申したが、間違いないか」

「はっ、間違いありません」

喜重郎は改めて畳にひれ伏した。

「ではなぜ自宅へ持ち帰り隠したのだ。直ぐに奉行所へ届けを致せば問題も生じず、妙な疑いを持たれることもなかった」

秋元と喜重郎の間で肥田仁平次が斜に座り事情を聴取し記録していた。

喜重郎はその場にひれ伏したまま頭を上げることができなかった。だが、顔を畳に伏せている方が遥かに都合が良い。一言ひとことの表情を観察されてはたまらない。そして耳にのみ、まるで兎のように神経を集中させるのだ。かれは畳に頭を伏せ続けた。

「私のような軽輩者がこの短筒を差し出しましても、自分自身に仕掛けを探究する機《き》は巡ってまいりませぬ。せめてこの短筒を操作し、仕掛けを筆写して仕組み図を書き留めたい、と考えてのことです。このように連射できる短筒を探究しさらに優れた短筒を創り上げることは間違いなくお国のためお役に立つと考えてのことです。たった今、秋元様にご説明できましたのも、異国船で仕組みを詳しく訊き出し、その晩に自分でも委細につき探究致したからに他なりません」

喜重郎は自分が鉄砲組小頭であることに感謝した。

「鉄砲の調練、探究は私のお役目です」

かれは大きく胸を張り、懐から数枚の懐紙を取り出し広げた。懐紙には短筒の仕組み絵図が事細かく書かれており、末尾に鉄砲組小頭、笹本喜重郎と記されていた。秋元はその絵図を手に取りしばらく凝視した。

「お主が新式短筒の探究に熱心のあまり――というのは判った」

喜重郎がその言葉を聞いて思わず笑みを浮かべようとした時、

「では、異国人はなぜ、お主の二刀と取替えず、綾部城太郎の二刀と取替えたのだ？」

秋元は絵図と短筒をもとの油紙に戻した。

「綾部殿の話では、異国人は四日前、綾部城太郎の居合を見物しておるのです。その切れ具合と技を見知っているので綾部の二刀が欲しいと」

「なるほど――。だが、それでは綾部が二刀出しっぱなしで損であろう――」

喜重郎は押し黙った。ギヤマンの手鏡や香の容器に関しては口外できない。

「どうだ、そうは思わぬか。綾部は二刀差し出して、入手した短筒は探究のためにお主に差し出したというのか。随分と人の好い話だ。あ奴はそれほどのお人好しか？」

秋元の尋問はねっちりしている。まるで蜘蛛《くも》の巣のように、払おうとしてもねばねばとまとわり付いてくる。尋問の記録を取っていた肥田がふと顔を上げ喜重郎に眼を向けた。

「実はな、綾部城太郎の懐に何かが入っていたようだったと、数人の水手が言っているのだ。お主の短筒の話は判った。立場上、短筒の仕組みを探究したいということも判った。しかし綾部は何も受け取らなかったのか。二刀を異国船に差し出したのだぞ」

喜重郎は畳にひれ伏した顔を上げることができなかった。顔には明らかに迷いが現れるであろう。それが怖い。

「笹本、顔を上げよ」

秋元の透き通った声が響いた。

「はっ、は――」

恐る恐る上げた顔に脅えの影が走っていた。

「良いか、異国船を取り締まる浦賀奉行所から御法度の異国船取引という不始末を起した者を出すわけにはいかぬだろう。お主も知っての通り、開国通商を求める異国船とは、中島清司殿が日々難しい交渉に明け暮れている。国の定めで開国できぬ、通商もできぬと拒絶し、一方では当事者の一人が短筒と二刀を取替えていたでは筋が通らぬ。短筒はなるほどお主の言う通り多少の理屈はつく。だが、これも相手次第だ。相手がこれを逆手《さかて》に取り、もしも短筒の話を持ち出し、開国通商を求めたら――お主、何と説明する」

「お主が腹を切る程度のことでは収まらぬわ」

肥田が横から語気を強めた。

「判っているのか、このたわけ者が！　平同心のお主の取った行いが、一国の異国船政策を変えさせかねぬ大事件であること承知しているのか！」

秋元吉次郎は声を荒らげた。喜重郎は秋元の話を伏したまま聞いた。

「もう一度訊ねる。綾部城太郎は二刀を差し出して何を得たのだ」

その声に笹本喜重郎は再び頭を畳に擦りつけた。

かれは観念した。

「は、は――、その、ギャ――」

いざ話しだそうとすると舌が絡んで言葉が出てこない。

喜重郎は何度か吃ってからやっと声らしい声を発した。

「ギャ、いやギヤマンの手鏡とギヤマンの香の容器を――」

秋元吉次郎の顔にさっと赤みがさした。

「ギヤマンの手鏡を得たと申すのか？　女ものか」

喜重郎は力なく頷いた。

「何と、公のためのものではなく、私物を得たと申すか？　しかも女ものを――」

喜重郎は力なく肩を落とした。

「できれば、わしの懐で処理したいと考えていたが、万が一にも異国船交渉で相手が二刀を取り出し、短筒とギヤマンの話を持ち出してこの問題を突けば、知らぬでは済まされぬ。今日、中島殿にも伝え、場合によっては与力一同での合議ではなく、御奉行様にもご報告しておかねばならぬ。それほどの重大事じゃ」

ひれ伏したまま頭を上げることのできない笹本喜重郎を前に、秋元吉次郎は腕を組んだ。

「ところで、肥田、その綾部の上役は誰だ」

「与力の内池武者右衛門でございます」

「内池か、少々煩《うるさ》い奴が上役だな」

秋元は腕を組んで考え込んだ。

内池は藩主松平大和守にも近いという噂を耳にしたこともある。元服前に大和守の小姓でもしていたのかもしれない。であれば、下手な動きをすれば咎められるのはこちらとなってしまう。

「肥田、横目にもう少し詳しく調べさせろ。ただし上手くやれ。相手に感づかれては元も子もない」

肥田仁平次は低頭して畏まってから、ふと顔を上げた。

「秋元様、私にちょっとした考えがあるのですが――」

「なんだ、言ってみろ」

「笹本喜重郎に悔い改める気持ちと、奉行所同心として我らと心を一つにする気持ちがあればの話ですが――」

「笹本が否《いな》と言うのであれば話は簡単だ。腹を切れば済む。なあ、笹本」

喜重郎は秋元と肥田の話に体を伏したまま頭を下げた。

自分が生き残れる方策は何か——。

二

江戸湾の隘路ともいえる野比沖は、見渡す限り警戒任務の船と新たに徴用された千石船で埋め尽くされている。壮観というより不安を覚える景色であった。

これから一体何が起きようとしているのか。

だが、その様子はここ何日も全く変わっていない。時間がくればいくつもある小さな入江から無数の軍船が現れ、船の交代が始まる。その時に一斉に櫓を漕ぐ男たちの掛け声が四囲から湧き起るが、交代が終了すると、コロンバス号とヴィンセンス号の周囲はもとの静けさに包まれた。そして両艦はまるで戦いを止めた巨鯨のように、無数の船に取り囲まれて静かに波間に浮かんでいた。

その船の中を縫うようにして、一艘の浦賀奉行所の番船がヴィンセンス号に近付いてきた。船の艫には浦賀奉行所の幟が立てられていた。船は足軽二名と船頭それに水手六名の六丁櫓で、その舳先に笹本喜重郎が立っていた。

昨日の夕刻、綾部城太郎は喜重郎からの手紙を受け取った。

『明日昼から異国船ウイシセンスの警護につく、ついてはその異国船の下で会いたい』

という内容であった。

城太郎は手紙の内容に胸を撫で下ろした。これで漸くギヤマン問題が解決する。

かれが乗り込む軍船には川越藩の水手が漕ぎ手としてついていた。船頭は政吉だった。

城太郎は異国船の船腹に寄り添うように滞船していたが、笹本喜重郎の姿を認めると、政吉に喜重郎を出迎える位置へ移動するよう指示した。水手六名がゆっくりと櫓を漕ぎ始めた。

奉行所の番船は少しずつ異国船に近付いて来る。番船に乗り込む足軽や水手一人ひとりの顔が次第に明確になってきた。

その漕ぎ手の櫓の調子を見て、政吉はおやっと首を捻った。

舳先に近い左右の櫓の動きがどこかおかしい。櫓の漕ぎ方が漁師や船頭の動きではなく素人の動きだ。そのため、他の四丁の櫓と調子が合っていなかった。

「異国船舳先で取り舵いっぱい」

突然、政吉が抑えた声を張り上げた。かれは櫓を思い切り押し出した。取り舵側の水手が漕ぐ手を止め、櫓を横いっぱいに広げると、船は突然大きく揺れて、異国船の舳先を急角度で取り舵側に廻り込んだ。

「政吉、何をするのだ」

城太郎が叫ぶのとほぼ同時に、船は異国船の舳先、遣《や》り出し檣《ほばしら》の下をぎりぎりで廻り込んだ。

その瞬間、奉行所の番船は異国船の舳先の陰に入り見えなくなり、笹本喜重郎の姿も消えた。

すると、政吉は軽い足取りで城太郎に走り寄り、

「綾部様、御免――」

と、城太郎の懐に手を差し込み、小さな包みを素早く自分の腹掛けの中に移し、代わりに自分の兵糧を差し入れた。

「お前、何をする？」

「奉行所の番船に昨夜の横目が乗っています。兵糧を潰して薄くして下さい」

政吉はそう耳打ちすると再び艫に移り、何事もなかったかのように櫓を握った。政吉は異国船の取り舵側にある舷梯横に船を停めた。

やがて奉行所の番船がやって来てこちらの船に横づけした。

「やあやあ、綾部殿。本日はお役目ご苦労様です」

笹本喜重郎は両手を膝に当てて丁寧に腰を折った。四日前とは随分態度が違う。

「いや、こちらこそ――」

城太郎は政吉の『横目が水手に紛れている』という言葉に緊張していた。

横目が同船している、ということは笹本と横目が通じている、つまり浦賀奉行所は四日前の異国船での一部始終を既に摑んでいる、ということだ。

「では、綾部殿、異国船の船長と南京人に声をかけてくれませんか」

喜重郎が城太郎を急かした。

「陳さん、陳さん」

城太郎は下から声をかけた。

舷墻から身を乗り出している水兵たちの中で城太郎の居合術を見物したらしい水兵が、判ったと合図して片目を瞑ってみせた。

やがて、艦長と陳が顔を覗かせた。

ポールディング艦長は城太郎が再び二刀を腰に帯びているのを認めて、舷梯を下ろさせた。

そして、上にあがって来いと手で合図した。

笹本喜重郎が川越藩の軍船に乗り移り、城太郎とともに舷梯に手をかけた時だ。

警戒に当たっていた奉行所の千石船の陰から一艘の番船が速度を上げて現れた。浦賀奉行所の御船印を高々と掲げている。

「待て、その場に控えろ」

甲高く叫んだのは、肥田仁平次だった。直ぐ後ろには秋元吉次郎も控えている。

「綾部城太郎、その場に控えろ。事情ありお船改めを致す」

秋元吉次郎がそう言うなり、肥田と水手姿の横目二人がいきなり城太郎に飛び付き懐に手を差し込んだ。肥田は綾部の懐から素早く包みを抜き取り、そのまま秋元に手渡したが、手にした感触が妙だ。ずっしりと重みがある。重さだけでなく何やら柔らかい。

「肥田、これがギヤマンの手鏡だと？」

秋元が広げた包みの中からは武州川越の名物、壺焼き芋が潰れた状態で顔を出した。

同船していた早川五郎ともう一人の足軽の懐からも何も出てこない。軍船には武具、兵糧以外には何も積み込まれていなかった。水手は全員褌《ふんどし》に印半纏で衣服に物を隠す余裕はなく、船頭の政吉も印半纏の下から覗いているのは腹掛けだけだった。そのため肥田は水手も政吉も調べようとしなかった。

異国船に乗り込む直前に取り押さえたのであるから、ギヤマンの手鏡があるとすれば、間違いなく綾部城太郎が身に付けていなければならない。かれらは綾部城太郎の体を隅々までまさぐったが結局何も出てこなかった。

「綾部殿、このままで済むとは思われるな。浦賀奉行所のお船改めを甘く思われるなよ」

肥田は苦々しい目つきで、捕らえていた綾部城太郎の袖を突き離した。

「お役目ご苦労様です。何かお疑いの節《ふし》でも」

城太郎は開き直った。

「異国船に勝手に乗り込むことは禁じられている」

「しかし、それは奉行所の笹本殿からのお話。異国船に同道を求められた笹本殿にお聞き下され。お役目柄、異国船探索の必要があったのではありませんか」

城太郎はキッと鋭い眼を笹本喜重郎に向けた。喜重郎は城太郎の視線を避けて俯いた。

笹本喜重郎の甘い言葉を信用した自分の不始末だ。誰のせいでもない。奉行所の番船が近付いてきた時に、既に腹をくくっていた。

城太郎は大事に至る前に全てを武者右衛門に話す覚悟を決めた。

三

「お前ら、今日船であったこと口外するんじゃねえぞ。浦賀の横目が辺りをうろついているからな。万が一でもそのようなことがあったら、お前らの首もふっ飛ぶぞ」

政吉は軍船が三崎浜に着く直前に、水手に恫喝まがいの注意を与えた。初夏の陽は既に三崎の崖にかかり、長い影を浜に落としている。

かれらは軍船を浜に引き揚げ、御船小屋に収めた。

その日、浦賀奉行所の番船はそのまま引き返し、城太郎も異国船に乗り込むことはなかった。長く苦しい一日が終わろうとしていた。

綾部城太郎は三崎陣屋に戻ると真直ぐ武者右衛門の役宅を訪ねた。武者右衛門は大津陣屋からまだ帰っていなかった。城太郎は暗くなった役宅の一室で灯りを点すこともなく座り続けた。

武者右衛門が陣屋に帰って来たのは夜半近くであった。

「城太郎、なんだ、こんな暗い部屋で。灯りくらい点けろ」

城太郎は武者右衛門が上座に座るのを待ち、深く低頭した。

「どうした。改まって」

「取り返しのつかない不始末を犯しました。斬罪でも切腹でも覚悟の上で参りました」

武者右衛門の顔から笑みが消えた。

「なんだ、話してみろ——」

城太郎は懐から包みを取り出し、武者右衛門の眼の前に差し出した。

解いた油紙の中から美しいギヤマンの手鏡と小さな香の容器が出てきた。香の容器は行灯の光を受けてキラキラと妖艶な輝きを増した。武者右衛門は印籠ほどの大きさの小瓶を手にすると行灯の光に透かした。正直に言って美しい。これまで見たこともないほど不思議な美しさに包まれている。

城太郎は一部始終を漏らすことなく話した。

「私の仕出かした不始末です。藩に御迷惑をかけるわけにはいきません」

「しかし、お前は初めから笹本の話には異を立てていたのだろう。その笹本が自分の二刀を差し出して断られたため、笹本がお前の二刀の差し出しを求めた。そうだな」

「間違いありません」

「その短筒を笹本が持ってったてえことは、短筒は今浦賀奉行所にあるってえわけだ」

城太郎は頭を下げた。

「お前がこの手鏡を持っていることを知っているのは——」

城太郎は久野屋の安五郎とおみや、それに政吉の三人と、浦賀奉行所の笹本だけだと伝えた。

武者右衛門は長い間腕を組んで考えていたが、やがて手鏡と香の容器を再び油紙に包み自分の懐にしまった。

「お前、いくら若いといっても色恋で相手を巻き込むような不始末は不味かったな」

「魔がさしました」

「一つ間違えば同罪になるぞ。おみやも安五郎もな！」

「自分の未熟さにほとほと呆れています」

城太郎は首をうな垂れた。

「しかし、政吉の勘は大したものだ。お前、政吉に救われたな」

「はい――。一生頭が上がりません」

「その場でお前の懐からこのギヤマンが出てきてみろ、お前はそのまま奉行所に引ったてられ牢入りだった。一度ああいうところに入ってしまうと引っ張り出すのは容易《たやす》いことじゃない。お前がいくら笹本に言われたからとか、笹本が全ての責を負うと言っても、お前が大和守様の藩士でも、その場合は救い出す手立てはなかった。浦賀奉行所としては全てをお前に押っ付けて一件落着とするつもりだったのさ。なにしろお前の二刀は異国船で、ギヤマンはお前の懐だ。しかも短筒はどこへ行ったことやら姿を消してしまう、って筋書きだ。笹本をとっ捕まえることは絶対にしねえよ。お上なんぞそんなもんだ」

武者右衛門はふふんと鼻で嗤《わら》った。

お上の言うことをまともに受けていたら、腹がいくつあっても足りない。

江戸湾の防備にしても、その策は常に二転三転している。

江戸湾のみならず長崎でも異国船は何度も来航しているのだから、異国の巨大戦艦に対するもっと有効的な対策を考えても良さそうなものだ、と武者右衛門はいつも考えていた。日本でも大船を建造し、有効的な大筒をそろえていれば、このように慌てることはない。異国船がやって来てから慌てて漁民を駆り出し、農民を使役するという、こんなみっともない江戸湾防備なんぞあるもんか。これは明らかに幕府海防掛と浦賀奉行所の職務怠慢だ。

その怠慢な政策の穴を、江戸湾の防備に当たる個々の藩士が命を張って補っている。

武者右衛門の心の底にわだかまっている憤懣が、ふふんと鼻で嗤った表情に現れた。

「城太郎、いいか、俺は可愛い弟分のお前に腹を切らせるようなことは絶対にしねえよ。あとは俺にまかせておけ。何があっても腹を切るなぞ考えるんじゃねえぞ。ギヤマンの一個二個くらいで大切な弟分の腹を切らせられてたまるかい――」

「はい、ありがとうございます」

城太郎はほっとした笑みを浮かべて武者右衛門に頭を下げた。

「陣屋番頭にも、大津陣屋にもこの話は内緒だぜ」

武者右衛門は立ち上がりざまにそう言ってニヤッと笑みを投げた。

四

翌日の午後、内池武者右衛門は一人で浦賀奉行所を訪ねた。

「秋元吉次郎殿に面会したい」

取り次ぎの者が去ると奥の間から、

『川越か、又者《またもの》は待たせておけ――』

との声が微かに聞こえた。秋元の魂胆は判っている。

案内された部屋に入ると、武者右衛門は畳にごろりと横になり大の字となった。ここ数日の疲れが溜まっている。休息にはちょうどよい。心地よい風が吹き抜けていた。

やがて大広間には武者右衛門の豪快な鼾が響き始めた。

秋元吉次郎が肥田仁平次を伴い現れたのは小半時（三十分）ほどした時だった。

「これは、これは内池殿。連日のお役目でお疲れのご様子で――」

秋元は顔に愛想笑いを浮かべている。武者右衛門は大の字のまま上目遣いに秋元に眼を流し、それからおもむろに畳に広げた手をばねに体を起した。

「これは失礼致した。又者の内池武者右衛門でござる」

秋元は一瞬顔を強張らせたが直ぐに笑みで隠した。

「川越藩には江戸湾お固め警護で毎日ご苦労をかけます。話に聞きますと、異国船に御船印を最初に掲げたのは貴殿と伺いました。大した働きで誠に恐れ入ります」

秋元吉次郎は武者右衛門を持ち上げた。武者右衛門は秋元の話を無視して本論に入った。

「秋元さん、昨日当藩の家臣がお宅のお船改めを受けたと聞き及びましたが、これは真《まこと》か？」

武者右衛門は単刀直入に、しかも、わざと秋元をさんづけで呼んだ。歳は武者右衛門より遥かに上だ。直参、陪臣の関係からみても、年齢的にもこれは失礼な話である。だが武者右衛門は気にしていない。むしろ又者呼ばわりする方が失礼千万と考えた。

江戸湾お固め警護で中心をなす川越藩の藩士を管轄外の奉行所が取調べるには相応の理由がなければならない。だがギヤマンの手鏡も香のギヤマン容器も出てはこなかった。これでは奉行所の勇み足と言われても致し方ない。

「実は貴殿も聞き及んでいるとは思うが、異国船から物品を受けた者がいるとの噂が流れておりまして、な――」

「はて、それは異なことを申される――。それに当藩の家臣が関係していると？」

「いや、噂ですよ。うわさ」

権威を笠に着る者に対してはこちらも権威で当たらざるを得ない。武者右衛門は直ちに切り返した。

「浦賀奉行所は噂だけで動かれるのか。徳川十一代将軍家斉《いえなり》公の御子斉典《なりつね》様が当藩藩主であられることは当然ご存じであられるな！　その当藩の家臣を取調べるのに、噂だけで当藩軍船に乗り込み、かつ家臣らの懐に手を差し込み、改めを行われるのか！」

秋元は苦り切った顔をした。煩い奴が乗り込んできたと思っているので、必然的に顔にそれが顕れた。額に横皺が走り、口元も大きく歪み顔中皺だらけとなった。

「小さい方の異国船で私が御船印を掲げたのはご存じのようで――。ところで、今朝方、その異国船を訪ねましてな、いろいろ話を聞き取りました。すべての事の起りは、浦賀奉行所平同心笹本喜重郎が自分の二刀を差し出して新型短筒とのお取替えを求めたこと――、すなわち短筒を手に入れたかった笹本がすべての事の始まり。それはご存じか？」

「肥田どうなのだ？」

秋元はとぼけて話を肥田に向けた。

「いや、そのようには聞いておりません。しかし、綾部城太郎は私心からギヤマンの手鏡と香の容器を受け取り隠匿していると――」

武者右衛門は顔の表情をキッと強めた。両目が大きく開いている。

「肥田殿、それは聞き捨てならぬ。証拠は？」

「いや――」

「お主、同心目付の立場で、確かな証拠も示さずに隠匿と申されるか」

肥田はそのまま押し黙った。

「しかも、笹本は自分の業物二刀を、綾部に後日手渡すから、とりあえず綾部の二刀を短筒との取替えに出してくれと懇願した。いや、お国のためだ、自分が責を負うからと強く求めたと聞き及んでおりますが、それはご存じか？」

秋元は武者右衛門の語り口が苦々しい。どこかで反撃の機会をと耳を澄まして武者右衛門の話に聞き入っていたが、ふいと、顔を上げた。

「しかし、内池殿、不思議ですな！　今朝方、貴殿は異国船を訪ねいろいろと話を聞いたと申したが、はて、貴殿は米利堅語を話されるのか。一体どのようにして今の話を確かめられたのか」

秋元吉次郎は高飛車に出た。顔つきは、この若僧がと言っている。

「貴殿は異国人とのいい加減で適当な会話を根拠に浦賀奉行所を非難されるのか」

秋元の顔には勝ち誇った笑みが流れた。

「いい加減な会話？　これはまたまた異なことを――」

武者右衛門は懐から数枚の懐紙を取り出した。漢文が隙間なく書き留められていた。

「これは、異国の小船ウイシセンスに乗っている南京人陳と申す者が、私と小船のクァピタン・ホウレ殿との話を通詞し取りまとめた口上書《こうじょうがき》だ。よくご覧あれ。念のため、こちらは陳と私の筆談時の走り書き」

一枚の懐紙には漢文の箇条書きで、短筒と二刀の交換を求めたのは笹本喜重郎と明確に書かれている。箇条書きのどの部分を読んでも、綾部城太郎が主体的に押し進めた様子はない。そして最後に
『亞美利堅海軍軍艦ウイシセンス乗務、通詞南京人陳』

と署名されていた。

もう一枚の懐紙は、上下左右雑然と二種類の筆跡で書かれた走り書きで、その一つの漢文には、明らかに日本では使われていない漢字表現がなされていた。

「秋元さん、当藩家臣を取調べる前に笹本喜重郎を厳重に調べる方が先決と思われるが、いかがですかな？　ほれ、ここにあるように、南京人陳も艦長も笹本喜重郎が短筒を持って行った

と言っている。その短筒は今どこに消えてしまったのだ。それを探し出す方が先決ではありませぬか」

秋元吉次郎も肥田仁平次も言葉が見つからずに二人とも押し黙った。

内池武者右衛門はそこまで言ってから急に姿勢を正した。

「我が藩は異国船にご無事お帰りいただくため、藩主から足軽、船頭に至るまで日々奮闘しておりまする。浦賀奉行所におかれましては、その点重々ご考察ご配慮の上、慎重に事に当たられますよう、武者右衛門伏してお願い奉ります」

武者右衛門は改まった口調で口上を述べて深々と頭を下げた。武者右衛門の急に遜《へりくだ》った言い方に、二人は慌てて応じて低頭した。

「では、御免」

低頭した二人の頭の上を武者右衛門の言葉が飛び越えた。

秋元と肥田が慌てて武者右衛門の言葉を追った時、もうそこには武者右衛門の姿はなく、大広間から去る後ろ姿が小さく見えただけだった。

奉行所の正門まで来ると武者右衛門は右手の馬槽《ばそう》から藁を一摑み取り、愛馬初雁《はつかり》の口元へと運んだ。初雁は首を大きく振って鼻から息を激しく吐いた。まるで『遅い』と文句を言っているかのようだった。初雁は武者右衛門の相州詰めに当たり川越からともにやって来た。

「待たせたな。異国船問題が一件落着したら鎌倉海岸辺りまで遠乗りでもするか」

武者右衛門はそう言って初雁の鼻をそっと叩いた。

帆布の切れ端

一

日本は開国開港を拒絶し続けている。

ジェームズ・ビッドル提督は、その頑なな信念に驚きは感じているが落胆はしていなかった。これは当初から予想のついていたことであり、かれがアメリカ政府から与えられた任務も日本に開国開港を強要することではない。開国開港の意思確認だったからだ。

この日、ビッドル提督はおそらく日本寄港中最後となる会議を行っていた。

「諸君、風の状況が良ければ明日の午前中には日本を出立する。今日が日本最後の夜となるであろう。明日、日本側の代表と通訳が日本政府の正式の回答を文書にして当艦にやってくる。これを受領して全ての任務は終了だ。艦隊は故国アメリカに向け日本を離れる」

コロンバス号艦長のトーマス・ワイマンもヴィンセンス号のハイラム・ポールディングも心持ちリラックスしていた。舷窓から初夏の気持ちの良い風が絶えず流れ込んできている。日本側が用意してくれた、新鮮な野菜や卵、鶏肉も美味しい。

「ポールディング君、君は幸せ者だ。陳の料理は実に美味い。どうだい、今晩から料理人を交換しないかね」

かれはそう言いながら、横に立っている陳に眼を流した。陳はこの日もう一人の料理人とともにコロンバス号まで出張して腕をふるっていた。

「提督、それだけはだめですよ。私と陳は親子のように関係が深い。なあ、陳？」

陳は口の横から長く伸びた細い髭を上下に揺らして頷いた。

「それだけではない、我が艦では陳は日本側との通訳にも大働きでしたからね。例のジョーの刀を手に入れることができたのも陳の通訳のお陰です」

「おお、そうか。それでは陳に礼を言わなければな」

ビッドル提督は立ち上がると、自分の執務机から大小の日本刀を手にして会議テーブルに戻った。朱色の鞘が美しく輝いている。かれは刀を抜き、その刃紋をランプの光に当てた。刃はまるで鏡のように、しかし妖しく輝いた。

「私は海軍在職中に世界中の国々を訪ねた。そして、世界の美しい刀を見たり手に入れたりする機会にも恵まれてきた。装飾が豪華で金や宝飾を贅沢に施した刀は数多くあったが、どの刀もこの刀には敵わない。見たまえ、このブレードの美しさを！」

「提督、危ないですよ。なにしろ剃刀ですからな」

ワイマンが身を逸らしながら注意した。刃先が自分の方に向いていた。

「心残りと言えば、例のジョーの早業を見ることができなかったことだな」

折角日本の刀を手に入れておきながら、その実技を見ずに日本を去るのはいかにも残念だ、という気持ちが提督には強く残っている。

「そのジョーなのですが、実は一昨日当艦までやってきましてね。乗艦したいと伝えてきたので舷梯を下ろしたところ、他の警戒船と何やら揉め事がありましてな。結局乗艦せずに引き返してしまいました。事情はよくは判りませんが、ジョーは身体検査を受けていたようでした。もう一方の舟には、例のしきりに拳銃を欲しがっていた男が乗っていたのです。実のところ、私はジョーに何らかの問題が生じたのではないかと案じているのです」

「拳銃と日本の刀の交換が問題となっているのかね」

ポールディング艦長はしばし考えてから、首を横に振った。

「そうであれば、あの痘痕男が調べられなければならない。実は――」

艦長は、昨日の午前中に武者右衛門がヴィンセンス号を訪ね、ジョーの刀と拳銃の交換の経緯を詳しく調べ、陳の証言書を持ち帰ったことを話した。

「ムシャは、折角ジョーが持って行った手鏡と香水を、規則で受け取れないと私に返却したのです」

艦長はそう言ってテーブルに手鏡と香水を置いた。

「君、その香水も手鏡も、奥さんが使用していた思い出の品だろう」

「ジョーが余りにも関心を示したのでかれに提供したのです。日本の刀を差し出してくれましたからな。きっと恋人にでもプレゼントしたいと考えたのでしょう。可哀相に」

ポールディング艦長は悲しそうな目つきで手鏡を見つめた。

「だが、日本人はなぜそんな細かなことを気にするのだ。あれだけ食料や水、薪を無償で我々に提供しておきながら、一切金を受け取ろうとはしない。そればかりか、記念にと思い、私の私物を通詞に与えようとしたのだが、顔を真っ青にして拒絶されてしまったよ。どうもその辺りが私には理解できない」

ワイマンにはどうしても日本人が理解できない。

「いやワイマン君、私には日本人という民族は制度へのこだわりが一際強いのだと思う。制度の中では自分自身を押し殺し『無』にする。だが、かれらも一人ひとりは所詮感情を持った人間だ。その姿が時々顔を出すのだな」

「その意見には私も賛成だ。ほら、これを見て下さい」

ワイマンは日本の煙管と煙草入れ、扇子などをテーブルに置いた。

「日本人は皆のいる前では制度に対して頑なに従順で、まるで深海の貝のように固く閉ざし個人を押し殺している。だが他人の眼の無いところではこうして安易に交換もすれば笑みを大きく浮かべもする。自分の私物をせっせと運び我々にもプレゼントするのですよ」

「君は何と交換したのかね」

「ペーパーナイフ、パイプ、櫛ですよ」

「するとかれらは、こそこそとあの日本の服の大きな袖の中にしまったのかね」

「提督、よくお判りで！　誰もが決まったように四囲をちらりと見て、実に手際よくあの『袖ポケット』にしまいましたよ。政府の役人がね」

ゴロヴニンの手記に出てくる役人と同じだ、とビッドル提督は苦笑した。

「もっとも外交担当者や通訳は終始そのような態度は示さなかったな。かれらはいつも自分を押し殺していた」

横でワイマンが大きく頷いた。

「すると、あのムシャのように自分の感情を素直に表す男というのは、日本人の中でも特殊ですな。非常にアメリカ人的でオープンだ」

「うむ――」

提督は頷いてから再び日本の刀に見入った。

二

翌日、江戸湾内の波は少し高かった。低気圧が大島の先に広がってきている。

この日は朝から今まで見たこともないほどの膨大な数の警戒船が二艦を取り囲んでいた。回答書には亜米利加船の開国開港の意思確認に対して全面的な拒絶が書かれている。その文章を読んだ時、亜米利加船がどのように変心し危害を加えないとも限らない。最悪の場合、腹いせに亜米利加船が江戸湾の奥まで侵入し永代橋手前辺りから江戸城に向かって砲撃を加えることも考えられる。その最悪の状況に対してさえ、日本には応戦するだけの大筒も大型船もないのだ。

猿島の仮設砲台を通過すれば江戸湾の内側にはただ一つの砲台もない。

江戸湾奥への進路と亜米利加船の周囲にできるだけ多くの船を浮かべ、敵の侵入を妨害すること――。これが、考えられるたった一つの、そして最大の防御策であった。

浦賀奉行所の要請により、この日、川越藩はほぼ全ての軍船を亜米利加船周辺に配備した。内池武者右衛門は千石船二艘を指揮し、ヴィンセンス号の周囲を固め、残り四艘はコロンバス号を取り囲んでいる。

この日、川越藩家老、小笠原近江は陣頭指揮を執るために軍船に乗り込み、三崎陣屋番頭の斎藤伊兵衛も随行している。

昨夜、武者右衛門から小笠原警護を命じられた綾部城太郎もこれに同船し、さらに五名の藩士が小笠原の警護についていた。小笠原の座乗する船は十丁櫓、小回りのきく警戒船の中では最も大きな船だ。船頭政吉の他十名の水手が配備されていた。

小笠原は幕府親藩の家老にふさわしい金糸銀糸をあしらった煌《きら》びやかな陣羽織を着込み、着物も袴も美しい絹織物であった。その着物の品の良い輝きは遠目にも良く映えた。

小笠原は船頭に命じて船を亜米利加船に近付けさせた。亜米利加船にこれだけ接近するのは初めてのことだった。

川越藩の軍船は十八名乗り込みであるのに対して亜米利加海軍の戦艦は八百名乗り込みだ。小笠原や斎藤にとって、亜米利加海軍東インド艦隊戦艦は想像を超える大きさだった。軍船乗り込みの藩士らは誰もが、異国の技術に対する畏敬の念を遥かに超えた強い恐怖を抱いて巨大な軍船を見上げた。舷側の砲門は三層をなして整然と並び、大口径の砲口が姿を見せている。

小笠原も斎藤もその威力に言葉を失った。

気が付くと舷墻に数人の亜米利加人が手をかけてこちらを観察していた。

その内の一人は華麗な金糸を使った飾り刺繡の袖に金釦《ボタン》付き洋服をきりりと着こなし、両肩には金糸で織った肩章が垂れている。

『あの者が亜米利加海軍の提督、カピタンと呼ばれている者に違いない』

小笠原は丁寧に腰を折り挨拶した。その姿を認めたその亜米利加人は、揃えて真直ぐ伸ばした右手の指先を額に当てて答礼した。

昨日、日本側から、政府の回答書を日本の舟で手渡したいとの通知があった。

だがビッドル提督は安全を考えてこれを断ったため、回答書の受理はコロンバス号の船上で行うということになっていた。しかしこうして日本の舟を観察していると、日本の外交担当のブギョウがコロンバス号の近くまでやってきているのは明らかだ。

日本側は艦隊が航海で必要とする清水や薪のみならず、米、鶏、卵から煙草やりんごに至るまで、数多くの品々を無償で提供してくれている。我々も礼を表さなければならない。直接ブギョウを出迎えるべきだ。

ビッドル提督は自分の考えを急遽変更した。

「ハミルトン中尉、私は日本のブギョウを出迎えに行くこととした。やはり、ここはこちらから出迎えなければ失礼であろう。カッターを用意し給え」

提督はコロンバス号の舷側から百メートルほど離れて停船している日本の高官の舟を出迎えるために、舷梯を軽やかに降りて、海面で待機していたカッターに乗り込んだ。

提督の服装は儀礼用の第一級軍装で腰の剣帯にサーベルを下げ、海軍提督の帽章を付けたコックドハットを着用している。随行するのは副官のハミルトン中尉他五名の儀仗兵と、オールの漕ぎ手として水兵が十名だ。

日本の舟に近付いた時、ハミルトン中尉が提督に訊ねた。

「提督、おかしいですね、今日の舟には通訳もナカジマの姿も見当たらないですが――」

確かに、ハミルトン中尉が指摘するように、今まで会議に出席していた外交担当者たちの姿はどこにも見えない。

だが、どのように見ても、日本の船上で待ち構えている男は、今まで接したどの日本人よりも華麗で高価な衣服を身に付けていた。

「いや、あの服装から判断すれば間違いはないだろう。あの男が日本の外交担当のブギョウで、外交文書を交わすためにやって来たのだ」

ビッドル提督の座乗するカッターはまるで水黽《あめんぼ》のように櫂《かい》をそろえて小笠原の舟に近付いた。

やがてブギョウの座乗する舟と並走するようにカッターを接舷し、櫂を握っていた水兵は一斉に櫂を空中に立てた。

中尉は指揮刀を抜き払い、指揮刀の刀背《むね》を肩に当て垂直に立てた。切っ先は天を向いている。

「日本のブギョウに捧《ささ》げ銃《つつ》！」

中尉は号令を発した。

かれは指揮刀を一度眼前に構えてから、斜め右下に振り下ろした。中尉の号令に儀仗兵五名が一斉に剣付鉄砲を胸の位置に掲げ、捧げ銃を行った。

ジェームズ・ビッドル提督は自分の衣服の裾を軽く直し、脇に抱えていたコックドハットを被り佇立した。それから、かれは威厳をもって小笠原近江に向かい敬礼し笑みを湛えた。

アメリカ合衆国大統領の名代として、日本国との歴史上初めての外交文書の授受という重責を担っている。提督の姿にはそうした誇りが映っていた。

三

亜米利加海軍の水兵らの挙動は日本人にとって初めて見る姿だった。

士官らしき男は既に抜刀し眼前に構えたり振り下ろしたりと、日本人にはわけの判らない動作を繰り返している。水兵らは剣付鉄砲を胸の位置で構えているが、剣先を横にして少し伸ばせば川越藩家老の胸に簡単に届く距離だ。鉄砲の弾は火縄を使用することなく、引鉄を引くと火打鉄と火打石の発火で瞬時に発射できる。この至近距離で発射すれば、警護の藩士は全員倒れるだろう。

藩士らは一様に亜米利加人の挙動に不気味さを感じていた。

第一に、なぜ亜米利加船のカピタンが川越の軍船に乗り込もうとしているのか理由が判らない。そのような話は奉行所からも知らされていない。

しかも、その理由を質そうにも言葉は通じず、南京人の陳も不在だ。家老小笠原を始め陣屋番頭も警護の藩士の顔つきも緊張で強張った。

綾部城太郎は異国人の中に見知った顔がないかと探したが、異国の伝馬舟には、ポールディング艦長も、野獣といわれた黒熊男も、そして南京人の顔も見当たらなかった。

やがて、ビッドル提督は笑みを浮かべて川越の軍船に片足を入れた。

続いて抜刀したままの中尉と剣付鉄砲を捧げていた兵二名も乗り込もうとしていた。

この日の江戸湾の波は決して小さくはなかった。

川越藩の軍船もコロンバス号のカッターも少し大きなうねりが来るたびに大きく揺れた。ギシギシと互いの舷側を擦らせ不気味な音を立てている。大きなうねりに互いの船が大きく押し上げられた時、ビッドル提督は小笠原に近付き握手を求めようと右足を一歩進め右手を出した。だが次の瞬間、カッターと軍船は押し寄せたうねりの谷に落ち込み大きく揺れた。

ビッドル提督は一瞬姿勢を崩し倒れそうになったが、腰のサーベルを杖代わりに辛うじて身を支え持ち堪えた。だが、たまたまサーベルを突いた位置が悪かった。帆布の山の縁に突いたため、サーベルを引きもどそうとした時、鞘の鐺金具《こじりかなぐ》が帆布の縁に引っかかってしまったのだ。そのために提督は右手の自由を失った。

『このままではブギョウの位置まで移動すらできない。この大切な時に――』

提督は少々動転し、自分自身の老化にチッと舌打ちした。若い頃、これしきの揺れで体がふらつくことはなかった。

帆布に絡んだ鐺金具を外そうとサーベルを剣帯から外し、右手をサーベルの鐺金具近くに当てて引っ張った。だが鐺金具には帆布の糸が強く食い込み、容易には外れない。そのため提督は帆布をそのままズルズルと引きずることとなった。

不幸なことに、ビッドル提督の行っていた動作は、川越藩の軍船にかけられている帆布をサーベルの先で引っかけて取り外そうとする無礼な行為にしか見えなかった。

突然、陣屋番頭斎藤伊兵衛の動転した声が船上に響き渡った。

「その者を斬れ！」

それは、ほんの一瞬のことで、実のところ乗船している藩士にも、番頭の上擦った声がなんと叫んだのか理解できなかった。船の軋みも大きく、船に当たって砕ける波の音も小さくはなかった。

全員が呆然としている中で、斎藤の横に控えていた綾部城太郎の腰がすっと低くなった。城太郎の片膝が船底の敷《しき》に着いた時だ。

中空に稲妻が走った。

次の瞬間、ビッドル提督は仰向けにもんどりうちカッターの底に倒れ込んだ。

ハミルトン中尉は提督は斬られたものと信じた。

川越藩藩士は綾部城太郎がカピタンを斬ったと信じた。

警護の藩士は一斉に抜刀した。

「そいつを捕らえろ！」

ハミルトン中尉は手にしていたサーベルの切っ先を綾部城太郎に向けて叫んだ。

コロンバス号の水兵は剣付鉄砲を水平に構え城太郎や他の藩士に向けた。だが引鉄を引く者も日本の舟に飛び込む者もいない。

日本の刀の切れ味と怖さは噂でよく知っていた。もしも発砲すれば銃弾より素早く抜刀したサムライがカッターに飛び移ってくるに違いない。

かれらは互いに睨みあったまま対峙し続けた。

やがて、うねりに合わせるようにカッターは次第に日本の舟から離れだした。そしてカッターが日本の舟から十分離れた頃、中尉に抱きかかえられたビッドル提督がゆっくりと体を起した。

提督には一体何が起きたのか皆目見当がつかなかった。

ブギョウの横にいた年寄りが何かを叫んだことは覚えている。その直後、近くにいた若く凜々《りり》しいサムライが腰を低く落としたこともまるでスローモーションのように覚えている。次に記憶しているのは、中空に走った稲妻と、不様《ぶざま》にも仰向けに転んだ後、自分の眼の上に広がっている青い空だった。

あの若いサムライは剣を抜いたのであろうか——。

コロンバス号は直ちに戦闘態勢に入った。

船上には呼び子が鳴り響き、全ての砲門が開き、砲口は一斉に川越藩の軍船と徴用されている千石船に向けられた。甲板上に拡声器を通した命令が響き渡った。コロンバス号の全ての砲に火薬と砲弾が込められ全艦の戦闘準備は完了した。

提督のカッターはブギョウの舟とは反対側の舷梯横に接舷され、提督は無事収容された。ビッドル提督がコロンバス号の甲板に上がるとワイマン艦長が駆け寄った。

「全艦戦闘準備完了！　提督、一体何があったのです、突然」

ハミルトン中尉から一部始終を聞いた砲術長が憮然たる顔つきでサーベルを引き抜いた。かれは全艦の九十二の砲撃手を指揮している。

「提督、直ぐに報復攻撃を仕掛けましょう」

砲術長が叫んだ。

指揮刀を眼前に構え、提督の命令一つで指揮を下す態勢を取っている。砲術長の横では各甲板の砲術副長が控え、下命を待った。

「我がアメリカ海軍東インド艦隊の提督に対して奴らが行った野蛮行為は十分報復に値する。アメリカ合衆国大統領に対する侮辱であります。提督、直ちに攻撃の命令を――」

ワイマン艦長も顔を紅潮させた。

戦闘準備の旗旒《きりゅう》信号がマスト高く掲げられ、甲板ではそれを鼓舞するかのように小太鼓が連打された。下層甲板からは銃を手にした兵士が次々と現れ、舷墻は瞬く間に剣付鉄砲を構えた兵士で埋め尽くされた。

ヴィンセンス号の甲板でも兵士らが走り回り、舷墻から銃口を四囲の警戒船に向け戦闘態勢に入った。

提督の命令一つでコロンバス号に配備されている九十二門の大型砲とヴィンセンス号の十八門の砲が一斉に火を噴く。川越藩の軍船や警戒に当たっている千石船の命運は、提督の命令一つにかかっていた。

「提督、何をためらっているのです。直ちにご決断を――」

砲術長は提督に詰め寄った。

船上には点火薬の煙がもうもうと漂っている。準備されている砲の火皿に火を点じるだけで、日本の軍船は瞬時に木っ端みじんに吹き飛ぶだろう。

点火と同時にコロンバス号とヴィンセンス号は直ちに錨を揚げ、全艦いっぱいに帆を張り進撃開始だ。タッキングとジャイビングを繰り返しながら、敵の砲撃をかわし、全砲門から砲弾を次々に撃ち込み、この江戸湾を縦横に暴れ回るのだ。両艦の前に立ちふさがる日本の小舟など蹴散らし豪快な戦闘風景が繰り広げられるに違いない。

誰もがそうした戦闘風景を頭に描き提督の命令を待った。

コロンバス号の船上では多くの水兵が担当部署の帆綱を握りしめ、メインセール全開の命令を待ち受けていた。バウ（舳先）では多くの水兵が引き綱に取り付き錨揚げの命令を今か今かと待ち受けていた。拡声器の命令と呼び子一つで、それらは直ちに実行され、戦闘は開始される。

砲術長は好戦的だ。

「提督、少なくとも奴らが恐れている江戸湾の奥に艦を進めましょう。妨害する警戒船があっても蹴散らしてそのまま突き進めば良いじゃないですか。あの岬から砲撃を受ければ、それこそこちらの砲撃理由は強まる」

かれは観音崎に向かってサーベルの先を指し向けた。その先には江戸湾が広がっている。

だがビッドル提督は砲術長の言葉を手で遮って、誰もが驚くほどの口調で命じた。

「良いか、決して砲に点火してはならない。私の命令に逆らって砲に点火する者が出たら軍法会議にかける、そう全兵員に伝えよ」

ビッドル提督の声が辺りに明確に響き渡った。誰もがその命令に耳を疑った。命令は直ぐに下されるものと誰もが信じていた。

少なくとも提督はアメリカ合衆国大統領からの親書の授受のためにこの場に臨んでいた。その提督が日本の兵士が抜き払った白刃のもとに晒され、カッター内に倒されたのだ。この外交上の非礼に対して砲弾を撃ち込む権利は提督が持っていた。

「いいか、決して発砲してはならない。ヴィンセンス号にもそう伝えよ」

ビッドル提督は再度そう言ってから、船上で繰り広げられている戦闘準備態勢をゆっくりと見回し提督室へと向かった。

無言だった。

無言であることが提督の複雑な心中を表していた。

日本側の兵力は余りに脆弱だ。アメリカ艦隊が戦闘で負けることなどありえない。だが、大統領より受けている訓令には日本人に敵対してはならないという明確な指示がある。

何度も逡巡する考えの中で提督の脳裏に繰り返し蘇ってくるのは、先ほどのカッター上での出来事だった。夢幻《ゆめまぼろし》のように淡い記憶の中で、一瞬稲妻が鮮明に走った。

あれは何であったのか？

提督室のドアの前には衛兵が二名立哨していた。

かれらは提督を認めると姿勢を正し捧げ銃をした。だが立哨する若い水兵は提督に向かい不動の姿勢を取りながら、かれの眼だけは提督の足もとを注視して追っていた。

そしてたまりかねたように提督に向かって声をかけた。

「提督、失礼ではありますが、宜しいでしょうか」

「何だね――」

「サーベルの先に何か白いものがぶら下がっております」

ビッドル提督は歩みを止め、サーベルの先を確かめた。

サーベルの鐺金具には帆布の切れ端がぶら下がっていた。帆布は縫い付けられている麻縄とともにきれいな三角形に切り取られていた。

御守

一

「ど偉いことを仕出かしてくれたものだ。お宅の綾部城太郎は」

　散々待たせてから奉行所大広間にやって来た秋元吉次郎は、川越藩三崎陣屋番頭、斎藤伊兵衛を前に上座に座った。言葉が高圧的だ。

「今朝から奉行所はヒッテン提督への陳謝に追われている。先ほど三度目の陳謝に私も同行してただひたすら陳謝を繰り返してきたが、ヒッテンの怒りが収まらないのだ。亜米利加船二艦は全艦大筒に弾を込め今にも火蓋の切られそうな状況だ。場合によると腹いせに江戸湾奥に侵入し江戸の町や江戸城を砲撃するかもしれない。川越藩はそうした事態にどのように責を負われるおつもりか？」

　秋元は声を荒らげた。綾部の抜刀が無ければ亜米利加船は今頃江戸湾を離れ大島沖のはずだった。平和裏に進んでいた交渉が綾部城太郎の一瞬の抜刀で日本を破滅に追い込みかねない事態に直面していた。

「申し訳ございません」

「申し訳ない？　貴殿はそのような言葉で収まる問題だと思われるのか。綾部が抜き放った刀はヒッテン提督の腕を切り落としていたかもしれないのだぞ。波が荒くて手元が狂ったのであろう。幸い腕の狙いを外れ帆布を麻縄ごと切り払った。その状況は貴殿も同船していて見たであろう。申し訳ないで済む問題ではないわ。今日、奉行所としてはヒッテン提督に抜刀者を厳重に処罰するとお約束してきた。ところで、川越藩は綾部城太郎をどのように処するおつもりだ？」

「はあ――、陣屋の拙者役宅にて足軽二名警護のもと謹慎させております」

「私は浦賀奉行所のお役を預かるものとして、綾部城太郎の一件を看過するわけにはいかない。直ちに綾部に責を負わせていただきたい。それをもってこの不始末を落着させ、亜米利加船にはお帰り願う、というのが私の考えだ。おそらく唯一無二の策と考えるが――」

斎藤は低頭した。

「綾部にいかような責を？」

「おとぼけなさるな、この期に及んで」

秋元は自分の腹に扇子を当て、腹をかき切る仕草をした。

「異国船に対しては下知《げち》なく抜刀、発砲することを禁じているのは、当然ながらご存じですな。その禁を破り異国に攻め入る口実を与えてしまった」

斎藤はただひたすら頭を下げた。

斎藤伊兵衛は自分が『斬れ』と命じた理由を必死に思い出そうとしていた。

あの場で咄嗟に『斬れ』と命じたのは、異国人が抜刀の上、銃を構えて藩の軍船に乗り込んできたからだ。異国船上での出来事ではない。異国船のカピタンが川越藩の軍船にやって来るという話も奉行所から通知されていない。

少なくとも幕府は異国人を排除し、日本国土に侵入させたり上陸させたりしない政策を取り続けているではないか。

乗止め検問線も打沈《うちしず》め線もそのためのものではないか――。

その異国人が恐れ多くも大和守様ご家老座乗の軍船に断りもなく乗り込んで来たのだ。抜刀する理はこちらにある。そして抜刀や砲撃の権限は三崎陣屋番頭である斎藤伊兵衛に与えられている。

だが斎藤はこのことをあえて秋元には告げなかった。この程度の場で秋元など小者を相手に議論しても仕方ない。話が大きくなった時に、しかるべき場で正々堂々と論を張るべきであると考えた。

「綾部城太郎も異国から日本を守ろうとの切なる念から抜刀したまでで、決して安易に斬りつけたものではございませぬ。どうか切腹などということをお考えなさるな」

斎藤伊兵衛は秋元ににじり寄った。

「お主、勘違いされるな。綾部が腹を切る切らないは、当奉行所の係わり事ではないわ。川越藩の将来、大和守様のお立場を考えて申し上げている。このことに端を発して、もしも異国船が江戸湾奥に入った時、一体どなたが責を負われると思われる。大和守様の責となることは明明白白」

秋元吉次郎はそう言って手元の扇子をパチンと音をたてて閉じ畳を叩いた。

「文化五年（八〇八）八月、長崎港に侵入したエゲレス船の事件の時、長崎奉行がその後どのようにされたかはご存じであるな」

「は、は――」

厭な事件を引き合いに出された。確かに長崎のエゲレス船事件では長崎奉行を始め多くの者が腹を切った。

「事件はエゲレス船への食料と薪、水の供給によりオランダ人は解放されて落着致した。だが、長崎奉行松平図書頭《ずしょのかみ》様はその責を負い自刃された。それだけではない、長崎湾防備の責を負い鍋島藩ご家老も自刃、藩主鍋島斉直《なりなお》様は百日の閉門であった。警備に当たっていた佐賀藩でも藩士十数名が帰藩せずに佐賀帰国途上、国境で切腹して果てた。お主、大和守様をそのような立場に立たせる気か！」

秋元は声を荒らげた。

「は、は――」

「大和守様だけではない、当奉行所の大久保様、一柳様の責も問われるであろう」

確かに、秋元の言う通り、異国船が江戸湾奥に入ろうものならば、累は間違いなく大和守様から浦賀奉行所にまで及ぶ。

斎藤伊兵衛は平身低頭してひたすら頭を下げた。

「しかも、綾部は異国船からギヤマン製品をもらい受け私蔵しているとの噂もあった。当奉行所で調べに入ったところ、お宅の内池武者右衛門《うちいけむしゃえもん》の反駁で潰されてしまったが――」

「ギヤマンを私蔵?」

「これは、これは、ご連絡のよろしいこと――」

秋元は嫌らしい笑みを唇に浮かべた。

「異国船とのお取引御禁制の沙汰の中、ギヤマンの手鏡と香の容器をもらい受け私蔵したのよ。どうせ三崎あたりの女郎への手土産にでもする気であったのであろう。お主、陣屋番頭の身でそのようなことも知らぬのか」

秋元の声は大広間に響き渡った。

「綾部城太郎は陣屋内でも最も真面目な男ゆえ、そのようなことは考えられませぬ」

「この際言わせてもらうが、川越藩は藩士の訓育をどのように考えられておられるのだ。つい先日は内池武者右衛門がそのギヤマンの件でやって来て、直参与力の私に向かい、『川越藩藩士の取調べは慎重に』と、大口を叩いて帰って行ったわ。陪臣の与力がだ」

秋元はふんっと鼻を鳴らした。

「それはそれは、申し訳ございません」

斎藤も陪臣の与力筆頭である。かれは低頭した。

「その男の配下が、今度はこともあろうに異国船のカピタンに斬りかかった！　今日夕刻に異国船訪問と陳謝があり、私も再び行く予定だ。早々に川越藩として処断されるよう。宜しいな。この処置を誤ったり遅れたりすると累は大和守様に及ぶぞ」

秋元吉次郎は斎藤伊兵衛を恫喝した。

「直接の上席者としてお主や内池にも累は及ぶであろうな！」

秋元は冷ややかに言った。

斎藤伊兵衛は言葉もなく奉行所を出た。

二

拘束されているわけではない。だが、重い空気が部屋に漂っている。

綾部城太郎を包んでいる、腹の底まで重圧を感じるような気は一体何なのか――。

亜米利加海軍提督ヒッテンに向けて抜刀したのは間違いであったのか――。

少なくとも陣屋番頭・斎藤伊兵衛は『斬れ』と命じた。川越藩ご家老小笠原近江と番頭の直ぐ横に控えていた城太郎にはその命令が明確に聞こえた。

あの時、咄嗟の判断でヒッテンの腕に刀を振り下ろさず、ヒッテンが洋刀の先で引っ掛けて引き剝がそうとした帆布の先端を切り落とした。その反動でヒッテンは亜米利加の伝馬舟に転がり落ちた。あの場で斎藤の下知通りにヒッテンを斬り殺すか、ヒッテンの腕を切り落としていたら、日本側の軍船と亜米利加船との間で砲撃が交わされ、間違いなく戦争になっていた。そうした事態を恐れたからヒッテンには斬りかからなかったのだ。

あの場では最善の方策であった。

あの場に武者右衛門様がいてくれたら——。

と、今となっては詮無《せんな》いことをかれは繰り返し考えた。

武者右衛門様であれば、もっと適正な判断を下したであろうし、自分を援護してくれたに違いないと考えた。だが、何度か考えを巡らした後に、かれはきっぱりとその考えを捨てた。

女々しい——。

詮無いことをくどくどと考えるのは女々しい。

自分自身が抜刀した上、亜米利加海軍提督ヒッテンの眼前に白刃を振り下ろし、その結果として、今、日本は亜米利加海軍との間に戦を勃発しかねない危機に陥っている。

その原因は全て自分の抜刀にある。


城太郎が謹慎している陣屋役宅の外には足軽が二名警護に当たっていた。

その足軽の低い話し声が時々風に乗って聞こえてきた。足軽の他に数名の男が額を寄せ合っている様子が手に取るように判った。

その話によれば異国船二隻は依然として野比沖に停泊し、戦闘態勢を取っている。浦賀奉行所の番船が何度も異国船に通い陳謝を繰り返しているが、なかなかヒッテン提督の怒りが収まらないという。声を落とした話し声は断片的に城太郎の耳に届いた。

『大船のヒッテン提督が抜刀した綾部殿の切腹を求め、それが叶わぬ時は異国船二隻を江戸湾の奥に進めると言っているらしい――。それに綾部城太郎殿は何やらギヤマンの手鏡などを異国船からもらい受けていたらしい』

かれらは陣屋内で流れている噂を小声で話した。噂には尾ひれが付いている。

『奉行所は斎藤様に言ったそうだ、綾部に腹を切らせろと――。だが、気の弱い斎藤様は綾部に言い出せないらしい』

と、かれらは囁き合っていた。

だが、声は囁くというよりどこか聞こえよがしの響きもある。

城太郎は自分の行為が周り中から非難を浴びていることを知った。

異国船が江戸湾に現れてから既に八日が経過していた。藩士のみならず多くの漁民も農民も、そして廻船業者もその生業の停止を余儀なくされていた。その物理的、経済的そして精神的な荷重は言葉では言い尽くせない。

江戸湾の警護とその補佐に当たる全ての人びとに積み重なり負担となっていた。

そして、噂が本当で、異国船が江戸湾に侵入すれば、川越藩の責任は重大なことになる。誰が『斬れ』と命じたのか、などという些細なことではない。このために戦闘が開始されれば数多くの藩士や水手《かこ》が犠牲になることは明らかだった。戦闘が始まらなくとも、異国船が江戸湾に侵入するという不祥事の責務は当然ながら川越藩藩主松平大和守様に及ぶ。

それだけではない、直接の責任は上役の内池武者右衛門にも斎藤伊兵衛にも小笠原近江にも降りかかり、少なくとも、自分と内池武者右衛門、そして番頭の斎藤伊兵衛の切腹は免れることができないであろう。

さらにギヤマンの手鏡や香の容器の話まで噂で流れているということは、場合によるとおみやや安五郎にまで累が及ぶかもしれない。

それだけは何としても避けなければならない。

異国船が早々に江戸湾を出立すれば、全てが解決する——。


綾部城太郎は脇差を畳に置き姿勢を正し瞑目した。

一陣の風がふっと城太郎の頬を撫でた。

その風に城太郎はふと眼を開けると自分の懐に手を差し込んだ。手には赤い小さな御守が握られていた。城太郎はそれを両の掌でゆっくりと押し戴いてから脇差の横にそっと置いた。

微かに浜木綿《はまゆう》が香る。その香りに城太郎はおみやの顔を思い浮かべた。

三

西之浜から磯の香りをのせた風がさっとそよいだ。

一葉の乾燥した海藻が風に乗っておみやの足もとに吹き寄せ足に絡んだ。その少しチクッとした刺激でおみやは我に返り、海藻を手にすると意味なく千切った。

「城太郎様は大丈夫だろうか――」

先ほどから頭の中を駆け巡っているのはその一事だけだ。

不安はまるで浜辺に打ち寄せる波のように次々におみやを襲った。

綾部城太郎が異人に斬りつけ、陣屋の役宅で謹慎処分になっているらしいとの噂は、この日の昼に久野屋に届いた。その後、久野屋には、異国船警戒に出る陣屋の藩士や船頭を通して同じ話が次々と飛び込んできた。話を聞きつけた安五郎が三崎の町を走り回り、綾部城太郎と同船した水手から、城太郎が異人を斬りつけた事実を聞きつけた。

綾部城太郎に対する異国船のカピタンの怒りが収まらず、異国船と日本の軍船が睨み合いを続けているという。

異国船に近い野比村や津久井村では天地をひっくり返したような騒ぎになっている。

今にも砲弾を集落に向けて撃ち込むに違いないと、人びとは我先に家財道具を大八車に積み込み、沿岸から半島内陸部の親戚や知人宅に避難し始めているという。

そんな話を聞きつけてから、おみやは長い間縁台に座りぼんやりと海を眺めていた。不安がつのるだけで何も手に付かない、何もできない自分の力の無さが悲しかった。おみやは、自分が千切った海藻の屑が風に運ばれて行く様子を見つめていた。

その時、おみやの眼に陽に焼けた漁師の足が映った。見上げると亀太郎だった。

「おみやちゃん、元気をお出し。綾部様が謹慎しているといっても、すぐそこの陣屋にいるんだから——」

亀太郎は口に大きく笑みを作って慰めた。

「小父さん、女の私には何にもできない。おみやちゃんにだってできることはあるぜ」

「そんなことねえよ、おみやちゃんにだってできることはあるぜ」

亀太郎は今までに見たこともないほど自信に満ちた笑みを顔に浮かべた。それからかれはもそもそと自分の着物の合わせをまさぐると、首にかけた御守を取り出した。

「いつだったか、俺が潮に流されて死にそうになった後、おみやちゃんがくれた御守さ。お陰で、俺はその後一度も危ねえ目に遭っていねえよ」

亀太郎はそう言って目の前で海南神社の御守を振って見せた。

「小父さん、まだ持っていたの？　もう五、六年も前のことよ」

「そうよ、これはご利益があるぜ！　だから手放せねえのよ」

塩と陽により脱色し、汗と垢にまみれた薄汚い御守はどうにか原形を保ち、魚網糸にぶら下がっている。亀太郎はそれを後生大事に身に付けているのだと言った。

「だからな、海南神社にお参りしておいで。こんなところでつらつら考えているよりはよっぽどいいぜ」

亀太郎にそう言われたおみやの顔にぽっと赤みがさした。

「小父さん、本当？　本当に一度も危ない目に遭っていないの？」

「そうさ、一度も危ない目に遭っていねえ」

「本当ね、信じていいのね」

「ご利益あるって！　間違いねえよ」

おみやは大きな眼に涙をいっぱい溜めて亀太郎に念押しをした。

それから彼女はふと立ち上がり、

「小父さん、そうよね。あすこの御守はご利益あるのよね！」

と何度も自問自答して頷いた。

「ありがとう。あたし神社にお参りしてきます」

彼女はそう言ってそわそわと店を出た。海南神社までは近い。おみやの足でも十分もかからない。おみやの後ろ姿が路地から消えると、店の奥から安五郎が顔を出した。

「亀よ、ありがとうな」

こういった状況では安五郎にも何もできない。特におみやの気持ちの落ち込みには安五郎もただ気をもむだけで何もできなかった。その時ふらっと現れたのが亀太郎だった。

「なに言っていやがる。これしきの頼み事、当たりめえだ。俺だっておみやちゃんを見ていて、可哀相でじっとしていられなかったのだから良かったぜ」

亀太郎の頭の天辺からは相変わらず髷がだらしなく垂れている。その髷の下で人の好さそうな笑い皺が影を作った。

「ここで気をもんでいるより、神社にでもお参りして無事を祈っている方が気持ちも晴れるだろう。本当にご利益があればそれに越したことはないしな」

「いや、ご利益は本当にあるさ。俺がおみやちゃんに言ったのは本心だぜ。嘘偽りで調子を合わせたわけではねえよ」

亀太郎は真顔でその汚れた御守をかざした。

「亀よ、お前は本当に良い奴だな」

安五郎がそう言って御守に手をかけた時、御守は亀太郎の手からこぼれ落ち、先ほどの海藻の屑の中に転がった。慌ててその御守に手を伸ばした二人は、御守を前に互いに無言で見つめ合った。

御守を入れた小袋は紐を通した穴で千切れている。

「おみやのいる前で切れなくて良かった――」

二人の足もとに再び浜風が吹いて海藻の屑を路地へと運び去った。

四

政吉《せいきち》は事態がただならぬ方向に向かっていることを肌で感じていた。

ヒッテン提督を怒らせた全ての元凶《げんきょう》が綾部城太郎にあるという噂が三崎の町中で公然と流れ

ていた。

一体なぜこんなことになっちまったんだ？

政吉は三崎の町中で広がっている噂に何か釈然としないものを感じていた。

亜米利加船による江戸湾封鎖の状況は人びとの生活を直撃していた。漁師は海に出ることも能《あた》わず日々の糧は断たれたままだ。農民も廻船業者もそして安五郎のような魚の仲買商も商売は停止したまま既に八日経った。人びとの生活は我慢の限度に近付いていた。

それにしても、なぜこんなにも早く噂ばかりが流れているんだ？

人びとの怒りは、本来は江戸湾に居座っている亜米利加船に向けられ、そしてそれを解決できない浦賀奉行所や幕府に向けられなければならない。だが全ての怒りは、ヒッテン提督を怒らせ、状況を困難にさせてしまったとして綾部城太郎に向けられていた。

何かおかしい——。

なぜ綾部様が非難を浴びなければならねえのか？

政吉は腑に落ちない気持ちを抱えながら、亜米利加船と対峙している千石船に向かい西之浜から船を繰り出した。

何がどのようにおかしいのか一向に判じない。何よりもギヤマンの容器と手鏡の話は、当人以外では政吉と武者右衛門しか知らない話だ。それが、今、三崎の町中でも陣屋でも公然と噂されているのだ。

このままの状況が続けば綾部様を追い詰めてしまうに違いない。

政吉は綾部城太郎の身を案じた。

こうした状況を解決できるのは武者右衛門様しかいない。

亜米利加船がまさに火蓋を切ろうと砲門を開き戦闘準備態勢に入っているこの時、千石船で対峙している武者右衛門にも動きが取れるはずもなく、まして町中の噂を知る由もない。だが、政吉は武者右衛門であれば何か良い解決策を見つけるに違いないと信じた。部下思いの武者右衛門ならではの良い策を考え付くに違いない——。

千石船に乗りつけた政吉は、自分が抱いている強い危機感や町中に流れている噂話を武者右衛門に話した。

責任感の強い綾部城太郎の命が持たない——。

武者右衛門の考えも同じであった。

「放置すれば城太郎に詰め腹を切らせることとなる。軽々に腹を切らせてたまるか——」

武者右衛門は政吉に、陣屋に引き返し綾部城太郎の身の安全を確保するよう命じた。最善の策は武者右衛門がこれから考え、手を打つ。今は城太郎の身の安全確保が先決だ。

武者右衛門からの言伝《ことづて》を受けると政吉は再び三崎陣屋を目指した。川越から来ている水手四人とともに必死に櫓を漕いだ。だが、上げ潮のために船脚は遅かった。特に剣崎や雨崎の先端部は潮がまるで川のように速く江戸湾に流れ込んで来る。

政吉は剣崎と雨崎を避け金田村から陸に上がった。

三浦半島の台地にはどんよりとした雲が垂れ込め、湿気の強い気が辺りを包んでいた。その中を縫うようにうねうねと荒れた道が続いている。

政吉はその台地を走った。雑木林と畑を縫って岨道《そばみち》がいつまでも続いている。

やがて台地が切れると道は江奈湾に下り、さらに毘沙門《びしゃもん》村から宮川村へと続く。宮川村を過ぎれば三崎の船番所まであと一息だった。

『城太郎、決して早まるな。俺が必ず無事落着してみせる。俺が帰るまで耐えるのだ』

政吉は武者右衛門の言伝を繰り返し念じて三崎陣屋への道を走り続けた。

道は北条入江に面した船番所の手前で右に折れ、城山へ続く狭く急峻な切通しとなった。荒れた道には所々岩が露出している。その岩肌を粘土質の赤土が覆い、まだ青々とした八丈芒《はちじょうすすき》の葉が張り出していた。

政吉は覆いかぶさる葉を腕で避けながら登った。

切通しを抜けて右に折れれば、かつて三崎陣屋を警護していた会津藩藩士とその家族の墓があり、北条入江を見下ろしている。左に折れれば陣屋の正門へは直ぐだった。

ちょうど切通しを城山の台地近くまで登った時、政吉は坂の上からやってくる一人の男と鉢合わせとなった。

道が狭い。一瞬、二人は互いに道を塞ぐ形となった。

切通しを駆け登ってきた政吉には、覆いかぶさる草の葉が邪魔して男の足もとしか見えなかった。

「おっと、御免よ」

政吉はそう声をかけて道を開けた。

中間《ちゆうげん》風情の男は手刀を切って挨拶し政吉の横をすり抜けた。すり抜けざまに男の顔が間近を過《よぎ》った。

『おや！』

政吉は男の横顔に一瞬自分の記憶をたどったが、考えている時間の余裕はない。

かれは切通しの坂を抜けて陣屋の正門に駆け込んだ。

「内池武者右衛門様からの御下知」

かれはそう叫びながら、陣屋正門に立哨していた番士の制止を振り切り、番頭斎藤伊兵衛の役宅へ駆けつけた。

足軽二人が話し込んでいたが、政吉を認めると杖を横にして制止した。

「綾部様ご謹慎中にて面会御免」

「何を言っていやがる。お前たちの警護中に綾部様に異変が起きたら、お前たちただじゃ済まないぜ。内池様からの御下知だ、どいてくれ」

政吉は制止する足軽の杖を跳ね上げた。足軽二名は政吉の気迫に押されて脇に避け、政吉はそのまま役宅に飛び込んだ。

「綾部様、内池様からのお言伝です」

座敷への襖がかすかに開いている。中から返事がなかった。

「綾部様、政吉です」

室内からは何の返事もない。

政吉は襖の隙間から中を覗き込んだ。綾部城太郎の背中が見えた。だが身動きしない。

「綾部様！」

政吉は襖を蹴り開け部屋に飛び込むと、城太郎の肩に手をかけた。

綾部城太郎の体はそのまま前のめりとなり血の海となった畳に崩れた。まだ体にはかすかに温もりがあった。だが息はなく、こと切れていた。

間に合わなかった――。

「綾部様」

政吉は背後から城太郎を抱き起し顔に付いた血糊を自分の掌と袖で拭った。わなわなと大きく震える手でなんども城太郎の顔の血を拭い、そして声を出して泣いた。

気付くと血にまみれた御守が眼の前に転がっていた。

まるで、別世界のことのように、遠く、

「綾部様自刃、綾部様自刃――」

と陣屋内を触れ回る声が聞こえてきた。

誰がジョーを殺した

一

コロンバス号の提督室でジェームズ・ビッドル提督は長い間考え込んでいた。

自分は日本人を理解しようと、多くの紀行文・書籍を読みこの地にやって来た。だが民族が抱えた考え方の違いは想像を絶していた。

人は民族を超えて互いに理解し合うことはできないのでは――。

ビッドル提督には自分がなぜ斬りつけられなければならないのか全く理解できなかった。かれは今回の日本寄港で日本側が示した、薪と水それに大量の食料提供に感謝していた。その気持ちを日本のブギョウに直接伝えたいと考えていただけのことだ。カッターが揺れていたから助かったが、もしも波がなかったら、少なくともこの右腕は切り落とされていたに違いない。

なぜ日本人は我々にあのように狂信的な敵意を持つのだ――。

自分が日本人に寄せていた信頼と敬意の念が裏切られた分、その腹立たしさは容易には収ま

らなかった。外交担当者らがやってきて散々頭を下げ、

『下々の者が犯した過ち』

と説明を繰り返したが、そう容易《たやす》く納得できる話ではなかった。

もしも自分があと十歳も若かったら、あの後、日本の舟に向けて大砲を撃ち放っていたに違いない。江戸湾の奥に入り、江戸の町近くで九十二門の砲を一斉に撃ち放ち威嚇砲撃し、場合によっては報復することすらしたかもしれない。だが、そういった苛烈《かれつ》な行動を戒めたものは、アメリカ出航前に合衆国大統領ジェームズ・ポークから指示された、

『日本に対していかなる武力行為も行ってはならない』

という訓令だった。

しかし、よく考えてみれば、その訓令と同等もしくはもっと大きくかれの頭を支配していた感情があった。

それは、ロシア海軍士官ゴロヴニンが指摘した『日本人の資質』というものに対する敬意もしくは畏敬の気持ちだった。これは自分の腕が切り落とされそうになったこの日の夕刻になっても払拭できない不思議な魅力を持っていた。

提督は執務机の上で日本刀の鞘を払い、ブレードをじっと見つめた。

砂鉄を幾度も鍛造し硬質の鋼を造り出す。その鋼を折れにくい良質の鋼がブレードに沿って切っ先まで覆っている。そのため刀は驚くほど良く切れ、しかも折れないという特性を持っている。それだけではない。刃を観察すると金属質の刃には何とも言えない文様が切っ先まで走

っている。刀の柄には鮫肌が使われ、これに平らな紐が美しく巻かれてグリップ力を高めている。鞘は特殊な木を使い、刀を錆から保護するとともに工芸品のレベルにまで見事に細工を極めていた。

提督は、刀を丁寧に鞘に収めた。そして、ふと机上に乗っている帆布の切れ端に眼を落とした。帆布は実に微妙な位置できれいに切断されていた。もう少し短く切ればサーベルの先、鐺《こじり》金具《かなぐ》に当たっていただろう。

あの若いサムライは自分の体か腕を狙って刀を振り下ろしたのであろうか？

それとも鐺金具に引っかかった帆布を切り放つために刀を振り下ろしたのか？

提督がそこまで考え及んだ時、提督室のドアがノックされハミルトン中尉が入って来た。

「提督、ヴィンセンス号のポールディング艦長と日本の外交担当者の来艦です。部屋にお通ししてよろしいですか」

提督は黙って頷いてから、中尉に訊いた。

「陳は一緒かね。ヴィンセンス号の？」

「一緒に来ております」

「それではワイマン艦長を呼んでくれ、ハミルトン中尉、君も同席し給え」

中尉は提督に敬礼をして部屋を出た。

二

日本の外交担当者は、ナカジマを始めいずれも硬い表情で椅子に座った。この会議には、今朝一度来艦したアキモトという男も同席している。

かれらは緊張した面持ちで着席すると一斉に平身低頭した。

通訳の言葉はたどたどしいが意思は理解できた。

確かに何度も来艦し本当に詫びてはいるが、顔つきを見れば謝罪よりも困惑の色の方が強い。

「私は理由が知りたいのだ。あの若い男はなぜ私に斬りつけたのだ？」

ビッドルは陳に漢字で書かせた。

「それは、再三ご説明致しております通り、かの船は大和守様の御軍船、奉行所の番船ではございません。そのため驚いたのです、突然の亜米利加人の乗船に」

確かに提督は舟を間違えた。そこまでは判った。だが、間違って舟に乗り込んで来た外国の使節に、しかも海軍提督に突然斬りつける、という非礼は聞いたことがない。

「私は俄《にわ》かにその話を信じることはできない。他に何か理由があるだろう！」

長い沈黙が両者の間に流れた。その時、その沈黙を破ってアキモトが口を挟んだ。

「武州という田舎から出て来た若い侍の思い込みが原因です。異国人は恐ろしいという。その恐怖から綾部城太郎は剣を抜いたのです。小笠原様に万が一のことがあってはと」

「ちょっと待ってくれ。今何と言った、その男の名前」

ポールディング艦長は通訳の言葉を遮《さえぎ》りアキモトに言った。日本語の中に確かにジョーという言葉があった。

それを聞いていた陳が懐紙に名前を書いた。

『是不是城太郎』

アキモトは自信ありげに大きく頷いた。

「何ということだ。私に刀を振り下ろしたあの男がジョーだと言うのか――」

ビッドル提督はそれだけ言って絶句した。

まさかとの思いはあった。だが現実に自分に刃を向けた男が、自分の持っている二刀の持ち主だったなどとは――。

「何ということだ。それで、今ジョーはどうしているのだ」

陳の言葉にアキモトが声を大きく誇らしげに言った。

「自刃致しました」

顔に自信の笑みが溢れている。その自信過剰な目つきが傲岸不遜に見えた。日本の若者が一人腹を切ったにもかかわらず、アキモトの浮かべた笑みは何を表しているのか。

「本日夕刻、自身で腹を切りました」

陳の通訳した言葉にビッドル提督の顔が激しく歪み、口をわなわなと震わせた。だが声が出ない。提督は突然立ち上がると会議机を激しく叩いた。

「私はその若い男の死など少しも望んではいなかった。一体だれがそのような命令を下したのだ！」

提督もポールディング艦長もやりきれない気持ちに包まれた。一体なぜこのような結果を生じさせてしまったのか。

「あなたが命じたのか？　それともあなたか？」

提督はアキモトを指差し、そしてナカジマを指差した。

なぜハラキリまでさせなければならないのだ――。

「アキモト、あなたは私に嘘を言っているだろう」

通訳の顔に困惑の表情が流れ、アキモトは動揺した。

「ジョーは外国人に恐怖を覚えるような男ではない。少なくとも私がカッターで眼を合わせた時、かれの眼には恐怖などどこにもなかった」

提督の怒りを前にアキモトは俯き、顔を上げることができなくなった。

「私がヴィンセンス号で会い語らい、そして刀の技を見た限りでも、ジョーはサムライの中でもっとも勇敢で日本の刀の技に長けた男だ。外国人を恐れたりするものか」

ポールディング艦長も心の中にわだかまっている怒りをアキモトに叩きつけた。

艦長の瞼にはジョーの聡明で凜々しい眼元や、終始礼儀を崩すことのなかった真面目な青年の姿が焼き付いていた。

提督と艦長の怒りに満ちた声に日本側の代表者は皆押し黙った。

通訳が真っ青な顔で訳そうとしているが、恐怖のために言葉がもつれた。その横でナカジマが冷静な目で事態を見守っていたが、陳が示した漢字に眼を落としてからちらりとアキモトに眼を移した。

『是誰殺死城太郎的』

懐紙の文字を認めた秋元吉次郎は事態が意外な方向に推移していることに蒼白となった。

「ジョーが恐怖で刀を振り下ろしただと、嘘を言うな。かれはどんな場面でも恐怖など感じない強い精神を持っている」

提督は自分の執務机に向かい、机の上の二刀と帆布の切れ端を手にした。

その様子をナカジマはじっと眼で追っていたが、提督が帆布の切れ端をテーブルに置いた時、かれは一瞬はっとした顔つきで帆布を見つめた。

「いいかね、これはポールディング艦長がジョーから受けた日本刀だ。かれは一緒に乗船してきたもう一人の男の要求でこの二刀を置いていった。ペッパーボックス拳銃と交換で差し出した二刀だ。私は今、何となく判ってきたぞ。これを見たまえ。これは今朝ジョーが切った帆布だ」

ビッドル提督は三角形に切り取られた帆布を全員の前に突き出した。

「君は、ジョーが私を斬ろうとしてしくじり帆布を切った、と言ったな」

提督はアキモトを指差した。怒りで手先が震えている。

「違うだろう。ジョーは明らかにこの帆布を私のサーベルの鐺金具ぎりぎりの位置で切ったのだ。私は今はっきりと判ってきたぞ。ジョーは私の腕を狙ったのではない」

ビッドル提督は激昂した感情を抑えかねて再びテーブルを激しく叩いた。

余りにも早くまくし立てる提督の言葉にホリーの通訳は対応できていない。それを陳の漢文が補っていた。なぜビッドル提督が怒っているのかということは伝わっている。怒りは明らかにアキモトに向けられており、そして日本側が何かを隠していることに向けられていた。

そのビッドル提督の顔を見つめていたナカジマが机上の帆布に手を伸ばした。かれは帆布の切れ端を両手で大切に挟み、祈るような仕草をして眼を瞑《つぶ》った。顔には深い悲しみの表情が流れた。それからおもむろに眼を開けるとビッドル提督に話しかけた。

「ヒッテン提督、これは綾部城太郎が自分で判断し、自分で責を負って行ったことです。誰も死を命じてはおりません。日本のような東洋の小国では、武士は自分の命を懸けてその使命を果たそうとする。綾部城太郎は自分が与えられたお役目に忠実に従ったということです。私もあのように優秀な若者を失い大変残念だ」

ナカジマの眼には薄っすらと涙が見える。

「私にはあなたの言っている意味が全く判らない。ジョーが腹を切ることで一体何を解決するというのだ」

ナカジマは長い間考えていたが、顔には言葉では言い表せない深い憂いが漂っていた。かれはその目を提督に向けゆっくりと話し始めた。

「日本は長い間、異国との通商・開国を禁じてきております。長い間続いた定法は簡単には変えることはできない。現在ヒッテン提督の軍艦二隻が江戸湾のこの地に停泊しているだけで、江戸へ入る食料・物資は全て停止しております。陸奥、奥羽、三陸など日本の東北地方からの飯米、肥料も、大坂方面からの下り荷、酒、菜種油、木曾・紀州からの木材など、全ての廻船業の商人は千石船を地方の港に停止させ待機しております。ヒッテン提督の軍艦がここに停泊してからただの一艘も千石船は入港しておりません。そのことはこの艦隊にいてもよくお判りでしょう。そして、このことが国や江戸に与える商い上の影響も、海軍提督のあなたにはよくお判りでしょう」

ナカジマはそう言いながら手元の懐紙に、

『亞米利加海軍船江戸湾封鎖八日間』

と書いた。陳はそれを直ぐに英語で書き示した。

“US Navy vessels blockading Edo Bay for 8 days.”

「江戸湾を封鎖しただと！　私は戦争をしに来たわけではない。ただ、我が国の大統領からの命令で、日本の開国開港の意思を確認しに来ただけだ。いいかね、私は江戸湾封鎖をしにやって来たわけではない」

通訳と陳の漢文を読んでからナカジマは提督に向かい頷いた。

「もちろん、私は承知いたしております。しかし、現実には江戸湾は封鎖状態にある。少なくとも江戸の町はこの八日間封鎖状態が続いているのです。人びとは不安を感じ、欠乏した商品の物価は著しく上がり始めています」

ナカジマはそう言って、

『江戸之民百万人』

と書いた。陳がそれを提督に伝えた。提督はナカジマの眼を見つめ続けた。

「ヒッテン提督の軍艦を取り囲んでいる船は全てここ近在の漁民の持ち船です。周辺で警戒に当たっている千石船は廻船業者の持ち船です。かれらは本来の漁や廻船業を停止して幕府の命に従っている。それだけではない、海岸沿いを遠眼鏡でご覧下さい。陸で防備の武士に協力しているのは全てこの近在の農民と漁民です。かれらは全て自分たちの農作業や漁労を放棄し、人足として幕府の指示に従って働いているのです。浜のあちこちでは軍兵糧の炊煙が昇っているでしょう。全て近在の村の女たちの共同作業です」

確かに望遠鏡を通して見える浜の様子は、至る所で小屋掛けされ、そこでは多くの女たちが集まり炊事作業に勤しんでいた。女たちの顔には笑みも見え何やら楽しそうな作業風景だった。まるで母国アメリカでのチャリティや農業祭の会場の雰囲気だった。とても戦準備の兵糧作りには見えなかった。

提督にはこの極東の小国家の人びとの精神構造が全く理解できなかった。

提督の顔が苦渋に満ちて大きく歪んだ。かれは両手で頭を抱え沈思した。

コロンバス号は英国のように戦争を仕掛けにやって来たわけではない。もちろん江戸湾を海上封鎖するためにここに投錨したわけでもない。日本側の開国開港の意思を平和裏に確認するために立ち寄っただけだ。四百艘、五百艘もの小舟を漁民から掻き集め、艦隊を包囲する意味が一体どこにあるというのだ。漁民は魚の採取を行えば良いではないか。運送船は艦隊に気を遣うことなく、恐れることなく江戸湾と長崎でも大坂でも行き来すれば良いではないか、と思う。

しかし一方、冷静に考えれば、これらの特異な行動は、この国の人びとが英国を始めとする外国に対して抱いている恐怖心の大きさの裏返しとも言えるかもしれない。

ビッドル提督が両手で抱えた頭を起した時、ナカジマは話を続けた。

「そのため、幕府も漁民も農民も、そして廻船業者も、一日も早いあなたの江戸湾出帆を待ち望んでいるのです。そして、それを成し遂げることが私の役目であり、綾部城太郎の役目でもあります。綾部の自刃はこのことを早期に成就させるため、かれ自身が自分で決めたことです」

ナカジマは漢字を選びながらゆっくりと筆記し話をした。ビッドル提督の顔に先ほどのような激しい怒りはない。だが日本人を理解できない苛立ちと悲しみに包まれていた。

「私は大変不愉快だ。江戸湾を封鎖する気もなければ、江戸市民を恐怖に陥れる気もなかった。さらにジョーのような若い人を死に追いやる気もなかった。私は本当に残念だ」

「ヒッテン提督、今、私はこれ以上のことをお話しすることはできない。いずれお話しできる日が来ることを願っています。日本が近い将来亜美利加と通交するようになり、あなたとゆっくりお話しできる日がくるのを私は願っています」

ナカジマはそう言って口元にかすかな笑みを浮かべた。かれの誠実な話しぶりは提督にも通じた。だが現実には判らないことだらけだ。ナカジマの話は理解できても、ではなぜジョーが腹まで切らねばならなかったのか。なぜそれが問題の解決となるのか。そもそも、ジョーはなぜ自分に向かい抜刀し、足元の帆布を切ったのか。

ビッドル提督にはそれが強い苛立ちとなった。

「もう良い、もうこれ以上議論を進める気持ちを私は失った。ナカジマ、私はあなたが言うその江戸湾封鎖を解こう。明日、風を待って日本を出航する。ワイマン艦長、ポールディング艦長、艦隊は明朝当地を解纜《かいらん》する」

ビッドル提督の最後の言葉の意味を知ったアキモトの顔に遠慮がちな笑みがこぼれた。

三

翌日の朝、ビッドル提督は執務机に向かい日本最後の日の航海日誌を付けていた。

『日本に開国の意思はなし、本朝当艦江戸湾解纜』

提督は一字一字丁寧に書いて日誌をそっと閉じた。提督がアメリカ合衆国大統領から受けた全ての任務は終了した。

長い海軍生活で、おそらく人生最後を飾るであろうこの航海は、なんと強烈で印象深いものとなったのであろう。砲弾を撃ち合うこともなく、死者が出たわけでもない。だが提督の心には言葉では言い表せないものがわだかまっていた。

提督は日誌を書架に収め、眼を再び執務机に移した。その時かれはオイルランプの横に所在無げに転がっている帆布の切れ端に気付いた。かれはそれを手に取り見つめた。

あの若いサムライ・ジョーの顔に狂気など少しも窺えなかった。そして、かれが冷静に振り下ろした刀の先にこの帆布があった。

結局ジョーの早業は眼の前で自《みず》ら体験することとなった。

だが、結局何も判らずじまいだった。

一人の若者を死に追いやり、アメリカと日本との間に戦争を誘発させたかもしれない事件の真相は何も判らなかった。

そして、提督の手元にはジョーの日本刀と帆布の切れ端だけが残された。そのことが提督の気持ちを憂鬱にさせていた。

提督が帆布を机の隅に押しやった時、コロンバス号がかすかに揺れた。

舷窓から外を眺めると相変わらず多くの舟が警戒に当たっている。おそらく日本滞在中でもっとも多くの舟が警戒に当たっているのであろう。

その時執務室のドアをノックする者がいた。ドアを開けるとワイマン艦長が立っていた。

「提督、ちょっと甲板に出て見て下さい」

「どうしたのだね」

「日本側から当艦を曳航するというのでバウから牽引ロープを下ろしたのですが、それが――、とにかく甲板に出てその光景を見て下さい」

ビッドル提督は艦長に急かされ甲板に出てバウへと向かった。

コロンバス号の四囲は依然として日本の多くの警戒船に取り囲まれている。その中には日本の商業船らしい十六艘も任務についていた。天気は曇りで風は南からの弱い風だ。この風では曳航せずに江戸湾を出ることは難しいと思われた。

甲板は少々湿気の強いまどろっこしい空気に包まれていた。

提督は艦長に案内されてバウに立った。

「これは――」

提督は、眼の前に広がる光景に息を呑んだ。

コロンバス号の進行方向には数えきれないほどの曳航船が展開し、それぞれのスターンから引き出された麻縄とコロンバス号の牽引ロープとを結索し漕ぎ始めたところだった。

水手の掛け声が風に乗って甲板まで届いてきた。

『イエッサホイ、イエッサホイ――』

男たちの低い声は重厚な響きを伴い、コロンバス号の甲板に届いた。コロンバス号はゆっくりではあったが南に向かって進み始めた。直ぐ後ろをヴィンセンス号も同じように曳航されて進んで来る。

「ワイマン君、君はスウィフトの『ガリバー旅行記』を読んだことがあるかね」

「ええ、遥か昔に」

「私は、今ガリバーになったような気持ちだ。この戦艦コロンバス号と我々は巨大なガリバー、あの日本人たちは小人国、何と言ったかな」

「たしか、リリパット国とブレフスキュ国――」

「そうそう、その国の人々だ。一人の力は小さくとも、ああして大勢で集団作業に入ると、このコロンバス号をも動かす力を生む」

提督の言葉を裏付けるかのように、

『イェッサホイ、イェッサホイ――』

という掛け声が海上から幾重にも重なって鳴り響いてくる。それは遠くで鳴り響く海鳴りのように、遠雷のように、地鳴りのように腹の底に響く重厚な掛け声だった。

「小人国の人々には狡賢い者もいれば、誇り高く親切な者も多くいた。どこかこの国の人々に似ているとは思わないかね」

提督はそう言って眼元に小さな笑みを浮かべたが、どこか寂しげな翳がある。ジョーを死に追いやった遠因が自分にもあることが心の重みとなっていた。

「なるほど、権威を盾に威張っている一部の役人もリリパット国の役人に似ていますな」

コロンバス号とヴィンセンス号はゆっくりではあったが確実に江戸湾の口に向かった。

その時、ハミルトン中尉がやって来て提督の横に立つと、右手前方を指差した。

右手の岩礁に覆われた岬の手前を一艘の舟があの日本の旗飾りを掲げてやってくる。舟は海面を滑るように進んで来た。やがて、その舟は牽引している他の曳航船の横をそのまま通過し、コロンバス号の近くまで来て並走し始めた。

舟には漕ぎ手が六名に船頭、それにサムライが二名乗っていた。

旗飾りを掲げた男は終始姿勢を正しく胸を張って立ち続け、コロンバス号の甲板を見続けていた。

ハミルトン中尉に促されて、ビッドル提督は右舷の舷墻《げんしょう》からその舟を見下ろした。サムライは提督の姿を認めると、日本の作法通りに礼儀正しく腰を折って挨拶した。

「かれは何の用事でこの船に近付いてきたのだ――」

横で様子を見ていたワイマン艦長が日本人には辟易だ、といった顔つきで首を横に振った。

だが、ビッドル提督には、かれが何かを伝えようとしているようにも思えた。

四

提督は右手を額に当てて答礼した。

するとそのサムライは再び提督に腰を折って挨拶をし、舟の向きを陸に向けさせた。船頭と水手は統制の取れた機敏な動きで舟の向きを素早く変えた。

一体かれは何をしに来たのだ――。

舟が向きを変えると、サムライはかれが抱えていた旗飾りの石突きを、舟の中央に掛けられている帆布の端に当てた。帆布の先は三角形に切断されていた。

ビッドル提督がそれを認めて頷くと、サムライは帆布を三分の一ほどずらし、帆布の陰にあるものを提督に一瞬だけ見せた。

「携帯臼砲！」

ハミルトン中尉が思わず声を上げた。

ビッドル提督が眼を大きく開け、サムライに向かって頷くと、かれは深く礼をしてコロンバス号から離れて行った。サムライの支える旗飾りが大きく風になびいた。

「驚きましたね、提督、あれはおそらくオランダ製二十ドイムハンドモルチール砲ですよ。日本人はカッターに携帯臼砲を装備して当艦の周囲を遊弋《ゆうよく》させていたのだ」

二十ドイムハンドモルチール砲は口径二十センチの臼砲で飛弾距離は七百メートル程度しかない。梵鐘を逆さにして台座に備えたようなずんぐりした形状で、発射される弾丸は爆母弾《ボムメンだん》という破裂弾だった。台座には数人で移動できるように取っ手がついている。

「日本のカッターで、帆布や藁シートで何かを覆った舟は、我が艦隊周辺に十艘はいたと思いますよ。それらのカッターにこいつを隠していたのだ」

ハミルトン中尉の驚きの声にワイマン艦長が言葉を挟んだ。

「しかし中尉、仮に戦闘となっても、あの二十ドイムハンドモルチールでは水平撃ちは難しいだろうし、当艦はさしたる損害を受けることはないと思うがね」

ワイマン艦長は自信ありげだ。

臼砲は基本的に砲弾を空中に向けて発射する。そのため、火薬量、距離、仰角《ぎょうかく》の微妙な計算によって目標に着弾することとなる。常時揺れている小型船から発射し命中させることは、ワイマン艦長の言う通り、現実的には不可能だと言えた。

「だが――」

と提督はその考えを直ちに否定した。

「そうだ、あの小型臼砲を撃ち放っても弾は間違いなく当たらない。だが、もしも連中が船尾に潜り込み舵を狙って水平撃ちを行ったとしたら――」

「そんな至近距離で撃ち込んだらかれら自身が吹き飛びますよ」

ワイマン艦長は、そんな馬鹿げた戦法は聞いたことがないと、両手を大きく広げた。

「そうだ、だから我々は決してやらない。だが日本人なら――」

提督の瞼にふとジョーのさわやかな顔が浮かんだ。

「自分の死をかけてやるかもしれない。日本人にはそうした血が流れているのだ」

ビッドル提督は舵を破壊されたコロンバス号の姿を思い浮かべた。

コロンバス号は日本の小型カッターや商業船に向けて大砲を撃ち続け、多くの舟を沈没させることができるだろう。だが、舵を失ったコロンバス号は江戸湾を彷徨《ほうこう》し、いずれどこかの岩礁か浅瀬に座礁することになる。そして、艦内の水と食料が尽きた時、艦隊には敗北と虜囚への道が待ち構えている。

「日本人の力は、あの曳き舟に代表される集団の力と、ジョーのような自己犠牲精神だ」

提督はそう言って、カッターでの事件を初めから思い起してみた。

日本人はあの日カッターで起きた抜刀事件により戦争が起きると信じていたのだろう。

事実、艦隊は砲撃準備に入っていた。

アメリカ艦隊の提督が侮辱を受けカッター内に倒され、日本人の白刃のもとに晒されたのだから、それは当然の成り行きだった。

そして大方の日本人は艦隊の提督に斬りつけたジョーにその責任を押し付けたのか？

日本人は艦隊から砲撃を受け、戦争となることを極度に怖がっていたのは間違いない。

ジョーは自分の命を断つことで、自分に押し付けられた抜刀の責任を取り、そして戦闘を回避させ、艦隊の江戸湾解纜を早めることができると信じたのだろうか――。

提督はジョーと年齢の近いハミルトン中尉に声をかけた。

「中尉、ジョーは携帯臼砲を我々に見せないために刀を振り下ろした。だが、なぜ自分に責任のないことを主張せずに死を選んだのだろう――」

「私にはよくは判りません。しかし日本の特異な古い体制の中では、正しいことでも言い訳はできなかったのではないですか。私にはよく判りませんが、サムライの姿なのでしょうか。それに、そうすることで、我々との交渉が長引くことを恐れたに違いない」

中尉は感慨深げに言った。

「しかし、驚きましたね。戦闘状態となった時には、多くの小舟でこのコロンバス号を取り囲み小型砲を発射する、というのがかれらの戦術だったとは」

「確かに提督の言われるように、夜陰に乗じて近付き突然舵を狙われたら防ぎようがなかったかもしれない――」

ワイマン艦長も提督の考えに同意し、二人は艦の進行方向に目を向けた。

コロンバス号の先では、無数の小舟で水夫が声を合わせ、必死に櫓を漕いでいる。ワイマン艦長には、その姿は壮観であるとともに、脅威すら感じさせた。

同じ光景に、ビッドル提督はロシア海軍士官ゴロヴニンの言葉を思い出していた。

『もしもこの人口多く、聡明犀利《そうめいさいり》で、模倣力があり、忍耐強く、仕事好きで何でもできる国民の上にわが国のピョートル大帝ほどの王者が君臨したならば、近い将来、日本を全東洋に君臨する国家たらしめるであろう……日本人は多数の国民が不安に陥るのを防ぐ方法として洋式の手本に従って軍艦を建造し、これらが集まって海軍となり、ついには情勢のおもむくところ、あらゆるヨーロッパの発明が日本で使用されるに至るであろう……私は日本人と支那人がわれわれの生きている間に西洋の制度を採用し、ヨーロッパ人にとって危険な国民になれると云うのではないが、それは可能なことであるから、早晩起こり得るのである』

ビッドル提督は眼の前に広がる海面の遥か彼方、江戸湾の口を見続けた。

不思議な感動が静かに流れている。

旅愁なのであろうか――。

いや、旅先で感ずる単なる感傷などでは決してない。もっと奥の深い、人間の心に触れた感動のようなもの。

もしかするとそれはゴロヴニンが受けたものと同質のもの——。

「この極東の小国を決して侮ること勿《なか》れだ！」

「そうですね」

ハミルトン中尉にはジョーに対する強い共感と尊敬の念が湧いていた。

「ところで提督、あの男は？」

「ムシャだよ。ムシャに決まっている。きっと外交担当官から会議の話を聞いてやってきたのだろう。いや、間違いなくナカジマがムシャに伝えたに違いない」

「でもなぜナカジマはそれをムシャに」

「ナカジマやムシャにはジョーが私を斬ろうとしたのではなく、帆布を切り取ったのだということが初めからよく判っていたのだ。昨日の私の怒りにナカジマが応えたのだろう」

提督の話を聞きながら中尉はヴィンセンス号を指差した。

ムシャの乗った舟がヴィンセンス号とすれ違うところだった。中尉に急かされて提督は望遠鏡を引き伸ばして覗いた。

「中尉、ポールディング艦長を始め水兵が全員舷側に立ち答礼しているぞ」

提督から望遠鏡を手渡された中尉も感嘆の声を上げた。

「提督、みんながムシャに手を振り、別れを惜しんでおります。なかでも陳は腕が千切れるほど手を振り――、あれ、ヤツは泣いているのではないですか」

提督は中尉から望遠鏡を受け取り、自らの目で確かめた。レンズの丸い視野の中で、ムシャや船頭も腕で涙を拭っている。

提督は大きくため息をついた。それから望遠鏡を丁寧にたたみ中尉に再び手渡した。

江戸湾は静かだった。

曳航船の船頭の掛け声の他には何も聞こえなかった。

遠くで日本の寺の時を告げる鐘の音がかすかに鳴っている。

「中尉、良い航海だったな――」

ビッドル提督は感慨深げにぽつりと言った。

コロンバス号は江戸湾の口に向かい静かに進んだ。


遠くの波間にムシャの抱えた旗飾りがいつまでも光っている。

ムシャの舟は大きな波のうねりに旗飾りの先端を残してその姿を消したが、次の瞬間にはうねりに押し上げられて姿を鮮やかに映した。やがて、旗飾りを抱えているムシャの姿も次第に小さくなり、全てが鈍色《にびいろ》の空と陸と海に溶け込んだ。

その時、ビッドル提督は江戸湾の中空に走る稲妻を見た。

ジョーの振り下ろした白刃のきらめきのように、稲妻は分厚い雲間から江戸湾の口に向かって確かに走った。

風の向きが変わった。

北西からの強いブローが江戸湾に吹き下ろした。

「副長、もういいだろう。牽引終了、全艦自力帆走！」

ワイマン艦長がきびきびした声で命令を下した。

甲板に拡声器の号令と笛が鳴り響き、水兵がつぎつぎにマストに駆け登り、主帆全開の準備に入った。

やがて牽引ロープが外されると日本の曳航船は左右に大きく分かれた。

全艦の帆を一斉に開き風をいっぱいに受けた艦は左舷に大きく傾いた。

コロンバス号とヴィンセンス号は速度を増した。

『イェッサホイ、イェッサホイ――』

重厚な声の響きが長い余韻を残して後方へと流れた。

黙ってその姿を見送る提督の顔は心持ちさわやかだった。

曳航船の姿が左右後方の彼方に去った頃、両艦は江戸湾を出た。

光念寺

一

綾部城太郎は自刃してから三日後に城山の光念寺で仮埋葬された。三崎陣屋のごく親しい者とおみやと安五郎だけのつつましやかな葬儀だった。

内池武者右衛門はその席でおみやと安五郎をそっと呼び寄せ、

「諸事情があり、この時期に盛大な葬儀をしてやることができないのだ――」

とだけ告げた。

事情は語らなかった。だが、まだ若く前途有望な一人の若者の葬儀としては余りにも寂しく悲しい。城太郎の仮墓標は江戸湾を見下ろす高台に建てられた。

異国船が去って一週間も過ぎると、相州一帯での異国船騒ぎは落ち着き、町はもとの活気を取り戻した。西之浜には仲買や漁師の威勢の良い声が響き、久野屋にも毎朝多くの鮮魚が集まりだした。安五郎も判取帳への記帳と日々の水揚げ量の確認に余念がなく、亀太郎も相も変わらず頭頂部から横にだらしなく垂れた髷をブラブラさせて久野屋に通って来る。まるで異国船騒ぎが夢であったかのように、町は活気を取り戻しつつあった。

おみやは思う。

あの異国船騒ぎが夢であったならどんなに良かったかと。

きっと今頃は城太郎の後について浜辺を歩いていることだろう。二人で裸足になって波と戯れているかもしれない。波が打ち寄せるごとに城太郎はおみやの手を取り、波打ち際を走っていただろう。おみやは毎日そんなことばかり考えていた。

そして長い夜の闇がやって来ると、言葉では言い表せない寂しさがおみやを包んだ。おみやの心を占めているのはいつも城太郎だった。


深い闇の中を霧が流れている。流れているのかも判らないほど闇は深く濃い。その中でおみやは一人手探りで歩いていた。心細さと不安が彼女を包み込んでいるが、助けを求める相手はいない。闇に向かって手を伸ばし、右に左にと手掛かりを求めて探っても、手に触れるものは何もなく、道標となるものも何もなかった。

永遠に続くのではと思われる闇の中で、おみやはこのまま孤独と不安を抱えて奈落へと突き落とされるのではないかという強い恐怖に襲われた。

『助けて』

声にならないかすれ声で助けを求めた。

その時、霧の中にふと朱色の影が流れた。その影の先には何も見えない。影は揺らめきながら霧の中に消え去ろうとしていた。おみやは必死にその影を追った。だが、影はその姿を明らかにすることなく、やがて霧の中に消えてしまった。

再びおみやは深い孤独の中に突き落とされた。

『城太郎様』

彼女はか細い声でその名を呼んでみた。だが、やはり返事はなかった。


城太郎は夢の中で毎日のようにおみやの眼前に現れた。そして、いつも完全には姿を現すことなく消えてしまった。だが、それでも、おみやは城太郎との夢での逢瀬《おうせ》を楽しんでいた。

夢の中でしか会えなくなってしまった城太郎と、今は少なくとも毎日会えた。

もっとはっきりした姿を見せて欲しいと願っているが、いつもその姿は断片的だった。城太郎が腰に下げた朱鞘の色だったり、城太郎の優しい唇だったり、そして武士にしては珍しいほどの優しい手の感触だったりした。

そうした断片的な夢はいつも毘沙門濱の奥にあった一軒家での記憶につながっていた。二人で肌を重ね、互いの愛を確かめ合い、囁き合ったひと時は、いつも眩《まばゆ》いほどの光に包まれていた。城太郎の優しい肌、逞しい筋肉質の腕や脚、いつも少し恥ずかしそうに斜におみやを見つめる眼。本当は丸く大きな眼をしているのに、おみやを見つめる眼はいつも細く眩しそうだった。城太郎に強く抱きしめられた時、息も止まりそうなほど喘いだ心の高まり。全てが遠く甘い記憶の中に大切にしまわれていた。

残酷だと思う。

異国船が江戸湾を離れても、三崎の町の人びとの城太郎に対する眼は厳しかった。

綾部城太郎が異国船のカピタンを、まるで狂人のように白刃をもって襲い、そのために異国船が江戸湾に居続けたのだと人びとは噂した。

異国船防備のために川越藩や忍《おし》藩が買い占めた軍兵糧は、三浦半島と房総半島全域で未《いま》だに米の欠乏をきたしている。漁に出ることができなかったため、漁港である三崎の町中ですら鮮魚が姿を消し、蔵の干魚は全て軍兵糧に当てられていた。そうした日々の生活の糧が断たれていることの憤懣が人びとには鬱積していた。

そして、そうした生活や商売上の被害の全てが城太郎の行為によって引き起されたかのような非難が、町にはびこっていた。

死者に鞭打つような、聞くに堪えない噂が未だに流れていた。

おみやがこの耳を塞ぎたくなる噂話にどうにか耐えて、この町で過ごしてこられたのは、城太郎の墓を守るのは自分しかいないという強い信念があったからに他ならない。このままでは余りにも城太郎が可哀相であった。

三崎詰めの藩士の中でもっとも真面目で責任感が強く、そして誰にも優しかった城太郎。一体何がかれに死を選ばせたのか。城太郎の命を奪ったものは何であったのか。もっとも愛するおみやを置き去りにしてまで一人死出の山へと向かわせたものは何であったのか。

おみやは時々ふとそのことを考えることがある。

もしも武士ではなかったらと――。

もしも三崎詰めの同心ではなかったらと――。

そして、もしも無外流免許皆伝の居合道の術を習得していなければどうであったかと――。

あの時ちょっとした巡り合わせで、川越藩ご家老の乗る番船の警護についた。もしも武者右衛門様と同じ千石船に乗っていたら、あのようなことにはならなかっただろう。

あの事件以来、おみやは久野屋の仕事を休んでいた。

客や漁師相手に笑みを浮かべることなどとてもできない。彼女は毎日久野屋の奥座敷で塞ぎ込み、いたたまれなくなると光念寺の城太郎の墓に足を運んだ。そして手を合わせてひと時を城太郎とともに過ごすと、不思議な安らぎが生まれてきた。

二

川越藩三崎陣屋に浦賀奉行所から出頭依頼が出たのは、異国船が去って七日ほど過ぎた頃だった。

『異国船渡来につきお訊ねの儀』

があるという。

呼び出しを受けたのは、三崎陣屋番頭斎藤伊兵衛と与力内池武者右衛門だった。

浦賀奉行所の大広間に秋元吉次郎を中心に三名の与力と同心二名が座を連ねていた。対座した下座には斎藤と武者右衛門が畏まっていた。

「綾部城太郎の異国船カピタンに対する抜刀につき――」

内々に話を聞きたいと言い、だが、これは取調べではないと秋元吉次郎は念を押した。

「亜米利加海軍ヒッテン提督を怒らせた上、江戸湾投錨を長引かせ、異国船との戦争危機を招いた不始末は恐れ多い。よって、奉行所はこの一件につき幕府海防掛へ口上書《こうじょうがき》を差し出さねばならぬ。内容によっては御奉行大久保様直々のお取調べもあるゆえ、委細お間違いなくお話されよ」

取調べではないと断っていながら、秋元の口ぶりは取調べそのものだ。浦賀奉行の威をかざした脅迫まがいの言い方だった。高飛車な口ぶりとは裏腹に顔には笑みを浮かべているところに、この男の狡賢さが垣間見えた。

この日は秋元の他に二人の奉行所与力と、口上書を残すため同心目付肥田仁平次他一名が書役として控えていた。数を頼んでの横柄な態度が随所に顔を覗かせている。

「異国船での抜刀は禁止されているのは先刻承知の通り。ところで、綾部城太郎の抜刀には川越藩三崎陣屋番頭斎藤伊兵衛殿の命令があったからとの話がある。そのことについて訊きたい。

それで、本日はご両人に奉行所まで出向いていただいた」

斎藤は畏まった。武者右衛門は畏まったふりをした。

「ははあ――」

「では斎藤殿にお訊ねする。抜刀の上、異国のカピタンに白刃を向けるよう命じたのか否か」

「――」

斎藤は答えなかった。横では肥田仁平次が記録を取っている。下手なことを言えば言質《げんち》を取られるだけだ。だが奉行所より呼び出しを受けた時から腹は決まっていた。

「いかがか?」

秋元は再度斎藤に返答を求めた。ねちっこい性格が言葉に表れている。

斎藤はちらりと横の武者右衛門に眼を向けてから体を起した。

奉行所に嚙みつくぞ――。

斎藤の眼はそう言っていた。

「いかにも、拙者が斬れと命じた。当藩ご家老小笠原近江様警護のため、『その者を斬れ』と拙者が命じた。それが何か?」

斎藤は開き直った。

「陣屋番頭として至当な見極めと信じておるが」

「なんと、川越藩与力筆頭である斎藤殿が綾部にカピタンを斬るよう命じたと――。噂は本当であったか。お主、そのために浦賀奉行所がどれほどの窮地に陥ったと思われる。一つ間違えば戦争になっておった」

奉行所ではカピタンの怒りを鎮めるために何度もヒッテン提督を訪ね、頭を下げ続けたと、同じような話を長々と続けた。

だから何をどうしろというのか――。

武者右衛門は秋元の話を内心ばかばかしいと思っている。亜米利加船は既に江戸湾を去り大洋の彼方だ。畏まったふりで話を聞いていたが、そのうちに足を崩して胡座をかき、腕を組んだ。江戸湾防備では再度構築し直さねばならないことが山積みで、些細なことにかまっている時間はない。それにしても物事の道理を考えず、つまらぬことを荒立てて問題にしたがる輩がなんと多いことか。奉行所にも幕府にも、そして川越藩にも。

そのため、ついつい欠伸《あくび》が出た。かれは遠慮会釈なく両の腕を広げて欠伸した。

秋元吉次郎の顔が歪んだ。

「お主、欠伸など失礼であろう。少なくともお主は今回の川越藩抜刀騒ぎの中心人物、綾部城太郎の上役であろうに、浦賀奉行所でその態度は！」

秋元と同輩の与力が口を挟んだ。

「いやいや、これは失礼致した。確かに拙者、綾部城太郎の上役でござる。しかし、異国船ご帰還になっても当藩三崎陣屋は眼の廻る忙しさでしてな。今般の異国船騒ぎを教えに、日々砲台や番船の普請に、そして藩士の調練に明け暮れしており、疲れで睡魔が――あ、あ、あ」

「睡魔だと――お主、奉行所を愚弄する気か！」

奉行所与力らは顔に青筋を立て一斉に身を乗り出した。

だが武者右衛門は動じなかった。

胡座をかいたまま平然と言い放った。

「欠伸は屁と同じで我慢すると体に良くないそうですな。幼い頃、余り出来の良くない従兄からそのように教わりましてな――」

武者右衛門は胡座をかいた片方の尻を少し持ち上げ、突然大きな音とともに屁《ひ》を放った。対座している与力らはその気の流れを避けるかのように顔をそむけた。

「武州者は礼儀をわきまえないのか――」

一人が声を荒らげた。

名前と顔が一致しない。だがどこかで会ったことがある。武者右衛門は記憶の糸をたどりながら与力の話を受けた。

「いやいや失礼致した。どうも、拙者ども武州の田舎育ちの又者《またもの》なもので――。かの地では形式張った礼儀より人と人の仁徳を重んじておるのよ。斎藤様、そうでございますな」

「うむ――」

斎藤は威厳をもって頷いた。

気付くと斎藤もいつの間にか胡座をかき、腕を組んでいた。

浦賀奉行所与力ら五人は胡座をかいた二人の前で正座のままだ。どのように見ても武者右衛門らの前に五人の男が畏まっている風景となった。

その瞬間、立場が逆転した。

「ところで、秋元さんの話、どうも言いたいことがよく判りませぬ。単刀直入に申されよ。判らぬと眠くなる。眠くなると欠伸も出る。尻の緊張も抜け屁を放ることとなる」

これでは奉行所に喧嘩を売っているのも同然だ。

武者右衛門はそこでもう一度尻の筋が緩みそうになり、もぞもぞと片方の尻を上げかけたが、片手で腰をパンと打ち、押さえた。

対座している五人はみな厭な顔をした。

「このたびの綾部城太郎抜刀の一件、委細を明らかにし、口上書を残すのは当奉行所のお役目。あれだけ、幕府を窮地に陥れた一件をうやむやに消してしまうわけにはいかないであろう。いやいや、お主ら勘違いされるなよ。当奉行所はお主らを詰問し騒ぎを大きくする気など毛頭ない。お役目として口上書を残したいだけよ」

秋元吉次郎は涼しげな顔をし、手元の扇子で顔に軽く風を送った。かすかに高雅な香りが漂った。武者右衛門は鼻を突き出してその香りを嗅いで横の男に訊ねた。

「お主、ちょいとお訊ねするが、お主の名前はもしや権藤何某《なにがし》で？」

武者右衛門の話に権藤と名指された男は体をピクッと震わせた。

「おお、やはりそうであったか、お主が三崎や品川で名の知れた――」

「それがどうしたというのだ、ええ？」

喧嘩腰で身を乗り出す権藤を武者右衛門は手で制した。

「まあ、まあ、そういきり立たずに。それは後ほどゆるりと話すとして、さてさて、こちらの話もついつい長くなり失礼いたした。ところで、当藩番頭が抜刀・攻撃を綾部に命じたとしてどのようにするおつもりか」

「異国船での抜刀は固く禁じられている。お固め指図違反である」

武者右衛門はふふんと鼻で嗤った。奉行所の与力らは詰めが甘いと思っている。それが鼻横の皺に表れた。

「も一度お訊ねする。何を固く止められていると——？」

「異国船での抜刀をだ」

「おかしいですな、当藩番頭は異国船には乗ってはおりませぬ。斎藤様、いかがですか。異国船に乗られたのですか」

「い、否《いな》、異国船には乗ってはおりませぬ。はて、どなたか拙者が異国船に乗ったと申す者が奉行所におるのですかな」

斎藤は歳に似合わず眼が大きく若い。その眼をギョロリと剝いた。

「一つお訊ねする。天保薪水令《しんすいれい》のもと、『打沈め線』は今も厳然として効を有しておりますな」

斎藤の問いに秋元が軽く頷くのを確かめてから、武者右衛門は話を続けた。

「そうですな、そうした事態を避けるため当藩は異国船の侵入をその寸前で止めた。打沈め線を越えれば砲弾を撃ち込む準備は整っていた。乗止めの節、我ら一の先の藩士一統は異国人に斬りかかり討死する覚悟もできていた。つまりこれは戦ですな。幕府の天保薪水令に従い、かつ奉行所と当藩で確認された『警備取計方条々』に従った行動でもある」

秋元からも他の与力からも返事はない。武者右衛門は続けた。

「お主ら、勘違いされては困る。異国人はご家老座乗の当藩の軍船に踏み込んで来たのですぞ。クァ、クァピタンに同行した士分の者は既に抜刀していた」

武者右衛門はまだ口元を曲げ、言い難そうにクァと発声している。

「我が軍船に乗り込んできた兵二名も剣付鉄砲を構えてきた」

武者右衛門が異国人に対して懐いている親近感とこの場の論理には多少の矛盾はある。だがかれは正論さながらに言い放った。

「異国には、異国の軍船上はどこの国の湊に錨を下ろしていようと、その軍船の属する異国の定法に従うという法があるようですな」

武者右衛門はそう口に出し、にんまりと微笑んだ。あの時、南京人の陳が勝ち誇ったように頷いて書き示した、『万国公法』という言葉を思い出し、陳の口元で上下する細い髭と腰に手を当て踏ん反り返った姿が頭をよぎったからだ。

「『万国公法』をご存じかな。異国間で協定した定法、考え方だ。すなわち、我が藩軍船上は我が藩、我が日本国ですぞ。そこに異国のクァピタンは抜刀した士官、兵を引き連れて乗り込んで来た」

秋元を始めみな厭な顔をした。

「そこでだ、話が複雑になる前に奉行所に是非とも確認しておきたいことがある」

秋元の顔つきがキッと険しくなった。こ奴、陪臣の分際でまだ言う気か、という気持ちが顔に流れた。その気色《けしき》を口元の薄い笑みでさっと消した。

「何を――」

昏だけが笑っているが顔は怒っている。

「先ずは異国のクァピタンが当藩軍船に乗り込むことを奉行所として許されたのか」

「いや――」

秋元は直ちに否定した。

「では浦賀奉行所は、異国のクァピタンが当藩軍船に乗り込むということを当藩のしかるべき者にご通知されたのか」

「いいや――」

秋元らの顔には、こ奴、次には何を言いだすのかという不安の影が走った。

「ではあの日、クァピタンが我が軍船に乗り込んだのは、異国人の勝手な振る舞いということですな！」

秋元の顔に困惑の影が流れ始めた。

「いや、幕府のご回答、つまり日本は開国も通商も行わないという文書を奉行所の番船で渡す予定であった。ところがカピタンは亜米利加船コンスヒュス船上で受け取りたいと回答してきたのだ。それで奉行所では中島ら数名が通訳を伴いコンスヒュスに向かっているところであった」

「ということは、浦賀奉行所と亜米利加船クァピタンの話の行違いで起きたと――」

秋元吉次郎は長い時間をかけてから渋々頷いた。

「——うむ」

「では、全ての発端は奉行所と異国船の互いの連絡粗漏にあったということ。も一度確認いたす。異国人が打沈め線を越えれば砲撃し撃退する。乗船している我ら藩士は異国人に斬りかかり、異国船の江戸湾侵入を阻止する。異国人が我が軍船に許可なく乗り込んでくればこれを撃退する。これは御法に則っていると考えてよろしいですな」

秋元の顔色を窺いながら肥田仁平次が口を挟んだ。

「いやいや、内池殿。これは異国人がたんに船を間違ったまでのこと。奉行所の船と思い込んで川越藩の番船に乗り込んだまでのこと。異国船との交渉は全て上手く進んでいた。異国人が川越藩のご家老に襲いかかるなど、なんと荒唐無稽《こうとうむけい》な想像をされるのです」

肥田仁平次の言葉に、居並ぶ奉行所与力は一斉に頷いた。仁平次は先日の恨みを晴らしたくてならない。顔に嫌らしい笑みを浮かべた。

「黙らっしゃい！」

武者右衛門は肥田の発言をピシャリと遮った。

「お主、仮に御奉行大久保様の警護に付き、眼前で同様のことが起きても荒唐無稽と笑って放置されるのか。異国の士分の者は抜刀していたのですぞ。その距離はたった一間、しかもクァピタンは軍船搭載の大筒にかけてあった帆布を剝がそうとした。一瞬の出来事だ。当藩には通詞はいない。一体どのようにして異国人の傲慢な振る舞いを阻止しろというのだ。お主はそれを荒唐無稽なことと傍観する気か」

武者右衛門は本気で肥田仁平次を叱りつけた。

「その程度の心魂で奉行所同心目付のお役を預かっているのであれば、直ちにお役を返上されよ。御奉行様をお守りすることなど到底できまい」

武者右衛門はそれまで我慢し続けてきた怒りを一気に爆発させた。武者右衛門の怒りに奉行所側は返す言葉もない。

「綾部城太郎はそれを阻止する方法として帆布の先だけを切り落とした。あの日の揺れる船上で、綾部は実に正確に帆布の先だけを切り取ったのだ。帆布の切れ端は秋元さんもご覧になったであろう」

秋元は黙って眼を瞑っている。

「も一つ、あの日、ヒッテン提督は綾部城太郎の切腹など望んではいなかった。誰が綾部を死に追いやったのかと、奉行所との評議では大変な剣幕で怒った。そうですな、秋元さん。評議の仔細に関しては南京人の陳の口書《くちが》きが私の手元に届いておるが、いかが？」

陳の証言など嘘っぱちである。中島から聞いた話だが、中島の名前を出すわけにはいかない。異国船は会議の翌朝に野比沖を解纜し江戸湾を出たのだから、陳の確認など取れるはずはない。だが、陳の口書きに関しては前例がある。こうも堂々と主張されると陳の口上書が武者右衛門の懐に収まっており、今にも突き出されそうな迫力をもって秋元に迫った。

南京人の口書きとはいえ公の場で出されてはたまらない。

秋元は押し黙った。

「秋元さん、お主、あのヒッテン提督を怒らせたのではないか？　綾部城太郎の自刃を誇るように話したことで――」

「いやいや、とんでもない。私はただ川越藩、大和守様のお立場を考えたまで――」

秋元の言葉の歯切れが急に悪くなった。斎藤伊兵衛が秋元を睨みつけた。

「川越藩として綾部の処断を急ぐようにと、貴殿、拙者に迫りましたな！」

いつも温厚な斎藤伊兵衛がきつい口調で言い放った。

「そのようなことはござらん。私は川越藩に敵意を持っているわけでもない。奉行所と川越藩、そしてお国のことを考えてのことだ。事実、全てはご無事に収まった」

秋元吉次郎は逃げ腰だ。だが、顔にはまだ余裕が表れている。

「ご無事に収まった？　川越藩のため？　ほう、それはご親切なことだ。いや実は――貴殿らに是非とも確かめたいことがありましてな。このことが明らかにならぬと川越藩としては一件落着せぬのよ」

今度は斎藤伊兵衛が身を乗り出して秋元に詰問した。

三

斎藤伊兵衛は十歳も若返ったのではないかと思われるほど活き活きした眼で秋元らを見つめた。斎藤は自ら襟を正した。

「七日ほど前のことだが、実は当藩三崎陣屋で妙な男を二人取り押さえたのよ。現在は陣屋の仮牢に押し込めているのだが――」

奉行所同心らの顔に狼狽の色が流れた。

「名前は岡本源七と宮下朝五郎。ご存じかな」

肥田仁平次の顔色がさっと変わった。今まで見たこともないほどに顔色が悪くなった。

「いや、男の一人が浦賀奉行所の権藤殿と肥田殿の名前を持ち出したのでな」

このような時の斎藤は流石に陣屋番頭だけあって全てが堂に入っている。

「当藩綾部城太郎の自刃の日、三崎陣屋内と三崎の町中で妙な噂が広まっておった。綾部城太郎がヒッテン提督に斬りつけたために戦になるかもしれないと――。不思議なことに、綾部がギヤマンの品を私蔵しているという話やヒッテン提督が綾部の死罪を望んでおり、要求が聞き入れられない時は船を江戸湾の奥に進めるという、関係する者しか考え付かない話が広がっていたのよ。この二人が噂の張本人であった。貴殿ら、この男らを本当にご存じないのかな？」

秋元吉次郎も肥田仁平次も顔色が蒼白だ。余裕はすっかり消えていた。

「肥田、お主、岡本と宮下という男らを知っているか？」

「いやいや、知りませぬ。当奉行所にはそのような者は」

肥田仁平次は慌てて否定した。斎藤伊兵衛は、いつもは温厚な眼を険しくした。

「あの日、中間姿の岡本は浦賀奉行所から拙者へのお言伝と偽り当藩陣屋の正門を潜った。その後、岡本は陣屋内で警護に当たっている足軽や非番の男に、町中で広がっている噂としてこの話を広げた。噂には尾ひれが付き陣屋内と町中に広がったのだ。不思議な話でしてな」

武者右衛門は斎藤の話に黙って耳を傾けている。

「岡本はご丁寧にも、綾部が謹慎していた拙者役宅前までやってきた。そして警護の足軽にその話をしたのだ。綾部の抜刀騒ぎで戦になるに違いない。累は大和守様やご家老、そして拙者や内池にまで及ぶに違いないと言った。しかも謹慎中の綾部に聞こえよがしにな。もう一人の男宮下は行商姿で三崎の町中を同様の噂話をして歩き回った」

斎藤伊兵衛は背を伸ばし、体の芯を起した。平素は歳が背に表れて体を丸めた老人にしか見えない。だがこの日の斎藤の話し方や態度には、まるで一国の家老並みの威厳が備わっていた。声も良く通っている。

「当然ながら男は取調べに全てを吐いた。浦賀奉行所与力権藤甚八、同心目付肥田仁平次の名前も出したのだ」

「嘘だ、そんな話はでっちあげだ」

肥田仁平次は声を荒らげて否定した。赤鬼のように顔が真っ赤だ。

「まあまあ、そう興奮されるな。脳《なずき》に良くないですぞ」

斎藤はそう言って自分自身の広くなった脳天を掌でヒタヒタと軽く叩いた。そして次の瞬間には急に眼を細め老人の顔つきになった。

「そこでだ。貴殿らにちと相談があるのだが——」

秋元と肥田は一体何を持ち出されるのかと再び不安げな表情で頷いた。

「当藩では綾部城太郎の死を病死と致す所存。これにより川越藩三崎陣屋では綾部城太郎の両親を呼び寄せ葬儀を盛大に執り行う所存である。さらには綾部家では城太郎の生前に遡《さかのぼ》り家督を弟の新治朗に譲りお家の安泰をはかる。さて、問題は捕らえた二名の男らだが、そこで拙者と内池とで意見が分かれておってな。内池は——」

そこで武者右衛門は斎藤の言葉を引き継いだ。

「いや、この者らを奉行所まで引っ立て、御奉行大久保様の眼前で秋元殿、肥田殿と対面させ、事実関係を明らかにさせたいと考えたのよ。綾部城太郎の無念を私は晴らしたいのだ。そうでもしなければ城太郎も浮かばれない」

「まあまあ、お主そう言われるな、そんなことをしても綾部も決して喜ばないであろう」

斎藤は掌で武者右衛門を制した、歳の功がにじみ出ている。

なかなかの二人芝居だ。

「拙者はこの者らを、勝手に陣屋に押し入った上、流言蜚語《りゅうげんひご》を広めた罪でそれぞれ鞭五十叩きの上で放免したいと考えておる。奉行所や肥田殿の名前を持ち出したのも助かりたい上での口からの出まかせであろうと」

斎藤は口元にふと笑みを浮かべた。秋元と肥田の顔に少しだけ安堵の影が浮かんだ。

「番頭、それでは綾部があまりにも哀れだ」

「まあまあ、内池、そう言われるな。拙者もなにも無条件でと考えておるわけではない」

斎藤は秋元吉次郎にじろりとその大きな眼を流した。

「浦賀奉行所としては綾部城太郎の一件はなかったことにしていただきたい。いやいや、当藩軍船に異国船のカピタンが乗り込んだことは事実。どうぞお書きなされ、双方が睨み合いとなったことも事実。しかし、川越藩三崎詰め同心綾部城太郎が刀を振り下ろしたこと、そして綾部が自刃したことはお書きなさるな。当然ながらギヤマンのことなど証拠もない、書く必要もないであろう。新式短筒を奉行所同心笹本喜重郎が隠し持っていたことを書き留めるか否かは奉行所のお勝手。異国船の江戸湾解纜が一日延びたのは風待ちということで処理されよ。浦賀奉行所にとっても、事を荒立てぬ方が得策と拙者は思うが、いかが？」

斎藤の声は大きく朗々として奉行所広間に響き渡った。

「宜しいかな――」

「――」

有無を言わせぬ迫真の言葉に秋元吉次郎らは押し黙った。

それだけ言うと斎藤伊兵衛は座を立ち、武者右衛門も斎藤に続いた。

部屋には重い空気が流れている。

だが、その気を破るように武者右衛門は急に立ち止まると、五人に向かい口を開いた。

「そうそう、岡本源七と宮下朝五郎の口書きだが、言いそびれるところだった」

武者右衛門は踵を返すと再び元の席に戻り今度は正座した。

「権藤さん、そして奉行所お船改めお役のご一統に、一つ言伝しておきたい」

斎藤伊兵衛も武者右衛門につられて席に戻った。

権藤ら五人は何事かと警戒の眼《まなこ》で武者右衛門を注視した。

「横恋慕――」

武者右衛門はただ一言だけぽつりと言い言葉を切った。

「という言葉が口書きにある――」

一度に言い放たない武者右衛門も意地が悪い。秋元吉次郎は怪訝な顔をして権藤に顔を移した。権藤や肥田の顔には明らかな動揺の相が浮かんだ。

「お主、この三月に三崎・久野屋で酒食の饗応を受け深酔いしたあげく、安五郎の娘、みやに酌を強要した。そして、これを制止する安五郎らに向かい今度は抜刀、『おみやを出せ』と大暴れした」

「嘘だ。勝手な作り話をするな」

「嘘？　お主、たまたま居合わせた綾部にも斬りかかり、素手の綾部に刀を取り上げられた上、店前の路上に叩き出されたことは、まだしかと記憶しているであろう」

権藤の顔が屈辱に大きく歪んだ。あの日、綾部城太郎に投げ飛ばされた時の悔しさが権藤の閉じた唇に表れている。それがぶるぶると震えた。

「このことは三崎では有名な話だ。久野屋出入りの多くの漁師や仲買人が認めている。お主が望むのであれば、いつでも岡本と宮下を始め漁民・仲買人ら十名ほどを引き連れて奉行所まで来ても良いが、いかがかかな？」

　権藤は視線を畳に落とし押し黙った。

「この騒ぎの後、拙者は綾部から事の委細につき話を聞いていたのよ。なにしろ、お主は奉行所与力の身分。又者で同心の身の綾部が、直参の与力を投げ飛ばした――。お主、このことを恨み、その後、久野屋差配の品川、江戸向け鮮魚舟に対する荷改めを強めているであろう。それだけではない、安五郎に対する酒食饗応や賂《まいない》の求め、そしておみやに対する横恋慕もいまだに続いておる」

「何を言うか。全て自腹を切っておる。久野屋は御番所の荷改めでいつも員数が合わないからだ。お主、浦賀奉行所与力の拙者より、卑賤な魚商いの話を信ずるのか」

「アイ・ヤー」

　思わず武者右衛門の両手が天に向き差し上げられた。

「いやいや、これは失礼致した。南京人は驚くと直ぐにこのように『アイ・ヤー』とやるので、癖が移ってしまった。我が陣屋ではこの『アイ・ヤー』がちょいと流行っておってな」

　流行らせた政吉の仕草が武者右衛門の脳裏を過った。そのとたん笑みを浮かべたが、直ぐに顔を引き締めた。

「魚商いが卑賤だと？」

　語気が強い。

「こいつは驚いた。お主は自分の握った力で、お主が卑賤と称す弱い民を苛めているというわけか。三崎でも房総でも仲買はみな泣いていますぜ。活きが命の魚商いで荷改めに時間を取られ、魚によっては捨て値で処分していると――」

黙って話を聞いていた秋元の顔がみるみる赤く染まった。

「お主ら、そのように恥知らずなことを三崎で行っていたのか！」

秋元吉次郎の怒号が広間に飛んだ。

「肥田、お主、このこと知っていながら拙者に知らせずに握り潰していたのか」

肥田仁平次も押し黙った。

「おみやに対する横恋慕と綾部への逆恨みを、あのような噂で仕返しするというのは武士《もののふ》の姿ではありますまい。そこでだ、拙者としては岡本と宮下の放免には、さらに二つ条件を付けさせていただく。一つ、今後、船荷改めを掲げての久野屋と安五郎に対する嫌がらせ、酒食饗応の求めは一切ご免蒙りたい。一つ、おみやに対する嫌がらせと手出しもご免蒙る。万が一にもそのような事実が判明した折には、拙者、この話の委細を御奉行、大久保様に差し出す所存でござる。その点、重々心に留め置かれよ」

武者右衛門はそれだけ言って立ち上がった。

続いて立ち上がった斎藤も秋元を見つめ、

「この話、貴殿もしかと心に留め置かれたことと信ずる。くれぐれもお忘れなきように」

と顎を引き締めて秋元に念を押した。

二人はさっと踵を返すと、奉行所の廊下に衣擦れの音を微かに残して去った。

四

城太郎の切腹から一年が経った。

おみやは毎日午後のひと時を一人で過ごした。誰とも会いたくない。話したくもない。まして客の相手をして愛想笑いなどとてもできない。

午後の物憂げな時の流れの中で不意に訪れ、停止してしまう時の刻みがなんとも恐ろしい。久野屋の奥座敷で一人ぽつねんと座している時に心を襲う孤独感はどのように足掻《あが》いても消すことのできない残酷なものだった。

そんな時、おみやの足はいつも光念寺の城太郎の墓に向かった。

途中で城太郎の好きだった浜木綿を摘み、掘割に湧く清水を竹筒に汲み、城山を駆け登る潮風に髪をなびかせて光念寺までやって来ると、それまでの息の詰まるような不安が自然に解けた。そして城太郎の墓前で手を合わせていると不思議に心が落ち着いた。

ここ一年、おみやはそういう毎日を過ごしてきた。


「おみや、おみや」

安五郎の猫なで声が店先から届いてきた。

城太郎の自刃以来、おみやへの安五郎の気の遣いようは余計に強まった。それがひどく優しい声となって表れている。おみやは無視した。時に耳を塞ぎたくなるほど厭だった。安五郎の気持ちはよく判る。親としての気遣いはありがたいとも思う。だが、時々それは強い嫌悪感となっておみやを包み込んだ。

「おかしいな、部屋にいるはずだが――」

安五郎の独《ひと》り言《ご》つ声が聞こえる。

「おみや、おみや」

安五郎は再び猫なで声を上げた。

「おみやさん。いるのかえ」

直ぐ横で男の声が響いた。その声におみやは一瞬はっとなり姿勢を正した。

「おみや、開けるぜ」

安五郎のそう言う声と同時に障子が開き、安五郎の顔一つが覗いた。直ぐ後ろに武者右衛門の顔が重なっている。

「お前、いるなら返事くれえしろ」

「まあまあ、安さんそう言わずに。おみやさんだって一人静かにしてえ時もあるわ」

おみやは静かに頭を下げた。

『申し訳ありません――』

と言おうとしたが声にはならず、唇が微かに震えた。

「おみや、大変《てえへん》だ。これから寂しくなるぜ。内池様はいよいよ川越へご帰還だそうだ」

おみやは黙って武者右衛門を見つめた。

武者右衛門には随分と助けてもらい、支えてもらった。その武者右衛門が川越に帰ってしまうという。

この一年の様々なことが走馬灯のようにおみやの頭の中を駆け巡った。


綾部城太郎の死から三月して城太郎の葬儀が厳《おごそ》かに執り行われた。

川越から城太郎の両親と兄弟縁者が集まり、藩主松平大和守名代を始め、ご家老小笠原近江、陣屋番頭斎藤伊兵衛など陣屋関係者が多数参列しての盛大な葬儀であった。

この川越藩を挙げての葬儀で綾部城太郎の名誉は回復された。

取り仕切ったのは内池武者右衛門であった。もちろんおみやを始め安五郎など三崎の主だった者も参列した。

葬儀の後、おみやは武者右衛門の介添えで初めて城太郎の両親に挨拶をした。

城太郎に似つかわしい、誠実で優しさのこもった両親だった。おみやを見つめる眼や言葉、そして物腰にその優しさが溢れていた。

両親の三崎滞在中の三日間、両親はおみやに城太郎の幼少の頃の話をして聞かせ、そしておみやも三崎での城太郎の話をして聞かせた。互いに記憶の糸を手繰りながら、時に涙をいっぱい眼に溜め、時には優しい笑みに包まれて、過ぎ去った良き日々の思い出を紐解いたのだった。

城太郎の母お志乃と話をしていると、おみやは自分の母親お里と話しているような安らぎを覚えた。この場に城太郎様がいたらどんなに楽しいだろうと、つい考えてしまうほど話は自然に交わされ弾んだ。それは限りなく悲しく切なく、優しい愛情に包まれた心豊かな三日間であった。

そして、城太郎の両親の帰国の日、思いもよらぬ話が持ち上がった。

おみやを養女にもらい受けたいという話だった。話の橋渡しをしたのは武者右衛門だった。安五郎も反対はしなかった。

だが、おみやは丁重に断った。

城太郎の眠る三崎から離れることなどできなかったのだ。

以来、おみやとお志乃とは季節ごとに手紙のやり取りをしている。互いの手紙の中に城太郎の姿を映し、城太郎に語りかけるような季節のたよりであった。

過ぎ去った日々の思い出はまるで、遠くできらめく江戸湾の水面のように美しく切ない。手を伸ばせば直ぐ摑めそうな幸せだったのに、もう決して手元に戻ってはこない深い悲しみに覆われた幸せだった。

その想いが突然大粒の涙となって流れた。

おみやの頬を止め処もなく流れ続けた。

そして今、おみやを支えてくれた大切な人、内池武者右衛門までもがこの三崎から去ってしまうという。心細さと寂しさが幾重にも重なっておみやを包んだ。悲しみは大粒の涙となりおみやの大きな瞳を潤し溢れ出した。

「川越へ帰ってしまえば、当面ここまで足を運ぶことは難しい。おみやさんや安さんと城太郎の墓参りをしたいと思ってな、初雁とここまで遠乗りして来たのよ――」

武者右衛門は努めて明るく言った。

店先で武者右衛門の愛馬初雁が激しく息を吐き、前足で路面を蹴った。

「おお、初雁が催促しているぜ。おみやさんに会いたいとさ」

武者右衛門の言葉におみやは小鼻に小さな笑みを浮かべた。


光念寺への道すがら、木々の間から北条入江が絶えず望めた。

その先には平和な江戸湾が広がりキラキラと光り輝いている。耳に届く音といえば遠くで鳴く鷗の甲高い声と初雁の蹄の音だけだった。三人は黙って坂道を上った。

寺門を潜った左手奥に綾部城太郎の墓はある。

墓は崖沿いの木立に囲まれ、その深く黒々とした木々の傘の下に江戸湾も城ケ島もそして大島も見渡せた。

まだ真新しい墓石には、

『川越防禦士綾部城太郎之墓　弘化三年六月建立』

と彫り込まれている。

おみやはいつものように浜木綿を墓前に捧げた。

「おみやさん、城太郎のご両親が残念がっていたぜ」

おみやはふと涼しげな眼を武者右衛門に向けた。

木漏れ日におみやの鬢の後《おく》れ毛がきらりと光った。

「だが、こうして墓参りしているとおみやさんの気持ちもよく判るな。城太郎は幸せもんだ。可愛い娘《こ》が毎日のように墓前に花を手向けてくれるのだからな。まったく妬けるぜ」

「へえ、その通りで――」

おみやの代わりに安五郎が応えた。

浜木綿が微かに匂った。

終章

歴史は――

その陰に隠れた数多くの事実や物語をほとんど語ってはくれない。

無視していると言っても過言ではない。そして、これらの無視された事実や物語を踏み台にして、史実の多くが後世に語り継がれていると言っていいだろう。

弘化三年（一八四六）に江戸湾に来航したジェームズ・ビッドル提督は、マシュー・ペリー提督の陰に隠れた。ビッドル提督があと十歳若く、アメリカ政府の訓令を無視するほどの功名心があれば、日本の開国開港を進めた第一人者となり、歴史に大きく名を残したかもしれない。

少なくとも、ビッドル提督は川越藩家老の座乗する軍船に乗り移ろうとしてカッターに押し倒され、提督の体は川越藩士の抜き払った白刃の下に晒された。

この時、コロンバス号からたった一発の砲弾を威嚇に撃ち放っていれば、歴史は大きく変わっていたに違いない。だが、ビッドル提督はその蔵書の数が示すように、砲艦外交をするには知的過ぎ、そして歳を取り過ぎていた。

当時の老中阿部正弘は世界最大級のアメリカ海軍戦艦コロンバス号の来航に開国開港を黙認してでも穏便にこの問題を収めたかった、と言われている。

それほどの恐怖心が日本側にはあった。

ジェームズ・ビッドル提督は江戸湾寄港から二年後の一八四八年十月、故郷のフィラデルフィアで人生の幕を静かに閉じた。六十五歳であった。葬儀当日、かれの葬列にはアメリカ海軍の軍楽隊と儀仗兵の列、死を惜しむ町の人々の列が続いた。

妻帯しなかったかれの邸宅には二千三百冊を超える蔵書と、かれの人生を語る小さな記録がつつましく残された。だが『日本遠征記』などという大仰《おおぎょう》な本を書くこともなかったので、かれが華々しく歴史の表舞台に立つことはなかった。


ジェームズ・ビッドル提督の来航に関する公式の記録は浦賀奉行所関係、川越藩、忍藩関係、廻船問屋や浦賀、三崎などの地元の名主などに多く残されており、これらを通して多くの史実を知ることができる。江戸湾に初めて来航したアメリカ海軍の戦艦に対する日本側の驚きと慌てぶりは、太平洋沿岸の各藩から幕府に注進された記録にも残されている。

川越藩が弘化三年のこの異国船騒動で配備した藩士は合計千六百名、相州一帯で掻き集めた番船は押送船《おしおくりぶね》、鰹舟、天当舟《てんとうぶね》、五大力船《ごだいりき》など延べで合計四千七百六十八艘、人足人夫を含む船頭、水手《かこ》は五万九千六百七十名であった。船頭・人夫の徴用は武州川越藩領にも及んだ。ビッドル艦隊の来航ではこの他に忍藩、浦賀奉行所、近隣に領地・飛地を持つ各藩が膨大な数の藩士と人足、船を江戸湾防備に配置し、欧米の植民地主義に対抗しようとした。これらの数字を見るだけで、百六十七年前に江戸湾に投錨した巨大戦艦が人びとに与えた衝撃の大きさが判る。そして、これらに係わった全ての人の日常生活、漁業や農業などの生産活動も、廻船業や商業活動などが九日間にわたり完全に停止していた事実も浮かび上がってくる。

アメリカ海軍東インド艦隊コロンバス号とヴィンセンス号の来航は、その意味で完全なる江戸湾封鎖であった。

ジェームズ・ビッドル提督の江戸湾来航では、奉行所や藩が徴用した水手、船頭、人足に対する手当や報償も克明に記録され残されている。だが、そうした公式の記録に見えないもの、言わば近世末期の防人《さきもり》として江戸湾の防備に当たり、異国人と外交ではない側面で接した個々の藩士や相州の人びとの姿を伝える資料は極めて少ない。

川越市立中央図書館に『先登録』と名付けられた書物が残されている。原本を筆写したものだが、この原本を残した内池武者右衛門について少しだけ書き留めておきたい。

『先登録』は武者右衛門が後々の子孫のために書き綴った日記、言わば自己の異国船奮闘記ということができる。藩や幕府に提出された公式の文書ではないため、異国船騒動でのかれ自身や藩士の行動を形式張ることなくそのまま楽しく記述し、異国人との疑心暗鬼や緊張、そして筆談を交えた交歓を、まるで昨日の出来事のように新鮮に記録して遺した。

『先登録』の文面から、かれが与力であったこと、異国船での行動やり取りから三十五歳前後の人生経験の豊かな働き盛りの者だったのでは、との想像もつく。武者右衛門が巨大な異国戦艦の舳先《へさき》に取り付きよじ登る様子や、自分たちのチョン髷を横に置いて南京人の髪形（辮髪《べんぱつ》）をケシ坊主と揶揄する記述、そして大きな水兵を相手に腕相撲をし、『神仏に祈り、堪《こら》え申した――』と自慢げに書きとめている記述には、公式の文書には決して見ることのできない真実の姿が映し出されている。

頭から湯気を立て踏ん張っている武者右衛門の姿と、初めて日本に来航したアメリカ海軍の水兵たちとの交歓を、まるで現代の出来事のように描写したと言えるだろう。

内池武者右衛門は『先登録』を書き残すことで歴史の片隅に辛うじて名前を残した。

三崎陣屋は翌年の弘化四年に川越藩から彦根藩の防備に代わった。そして松平大和守斉典《なりつね》が嘉永三年（一八五〇）に逝去したことや、その後、相州防備を外れ、川越から前橋に転封《てんぽう》となったことから、内池武者右衛門も併せて前橋に移ったものと思われるが、以後の消息は一切不明である。

北条入江を見下ろす城山の高台に光念寺という寺があり、ここに川越藩士の墓石が残されている。

その一つに

『川越防禦士《ぼうぎょし》内池伊賀介郷永《さとなが》墓、弘化四年八月建立 内池武者右衛門尉郷輝《さとてる》』という墓石がある。

武者右衛門の存在が『先登録』以外で顔を出す唯一の傍証と言える。

もっとも、アメリカ海軍の戦艦に御船印を打ち立てた日本人がいたという事実はアメリカ側の資料にも明確に残されていた。

ペリー提督の『日本遠征記』にはその序論にビッドル艦隊の日本寄港に関する記述が文庫本にしてわずか十一行ほどある。後世から見ればビッドル艦隊の来航が七年後のペリー艦隊来航の伏線として大変重要な意味を持っていたことは明確に分析できる。だが『日本遠征記』における扱いは薄情ともいえるほど簡単で評価の言葉が見受けられない。その意味でも、ジェームズ・ビッドルは完全にマシュー・ペリーの陰に埋もれた。

その十一行の記述のうち五行が御船印を掲げた日本人についてのものであった。

『……七月に同船隊は江戸湾に達し、何時《いつ》ものやうに、直ちに数多《あまた》の警戒船に包囲された。この時にはその数四百艘を算した。幾人かの日本人が『ヴィンセンス号』に乗り込んで来、そのうちの一人は或る種の記号が彫刻されている一本の棒を船首に立て、同じような他の一本を船尾に立てた。アメリカ人はよくこの行為が解らなかったが、船を占領する心算《つも》りなのであろうと解釈して、その棒を取り去るように命じたのであった。……』

内池武者右衛門の一番御船印は、近世末期における江戸湾防衛の象徴的な出来事としてペリー提督の『日本遠征記』に記録され、日本史のみならず世界の歴史の一角に永久に残された。そして『先登録』は、アメリカ海軍戦艦の将官や士官そして兵士と対峙した多くの武士と庶民の姿を甲板上から実写して後世に残してくれた。

参考及び引用資料

『先登録』内池武者右衛門／川越市立中央図書館
『ビッドル来航と鳳凰丸建造』横須賀開国史研究会編／横須賀市
「近世三浦半島海防史概説」中里行雄／『開国史研究』創刊号
「ジェームズ・ビッドル提督と彼のスケッチブック」ニコラス・B・ウェインライト（平尾信子訳）／『開国史研究』第二号
「幕末の海防政策と軍艦建造」安達裕之／『開国史研究』第二号
「対岸（安房・上総）の知行所支配村が迎えた異国船」北川清作／『開国史研究』第二号
「モリソン号事件とマンハッタン号事件　文化の誤解から認識へ」春名徹／『開国史研究』第四号
「『関識規則』について」大出鍋蔵／『開国史研究』第五号他
「川越藩の相州警備」淺川道夫／『開国史研究』第七号
「幕末期、通詞達の活躍とその業績」新井三郎／『開国史研究』第九号
『川越歴史随筆』岡村一郎／川越史料刊行会
『日本幽囚記』ゴロヴニン（井上満訳）／岩波書店
『黒船前後の世界』加藤祐三／岩波書店
『黒船異変』加藤祐三／岩波書店
『オランダ風説書』松方冬子／中央公論新社
『彦根城博物館叢書1　幕末維新の彦根藩』佐々木克編／サンライズ出版
『ペルリ提督　日本遠征記』土屋喬雄・玉城肇共訳／岩波書店

本書執筆に当たり、三崎陣屋跡の取材において守谷幹也氏、川越の歴史について斎藤貞夫氏、中国語に関して周亜雲氏、英語に関してユキ・ラピン氏にご協力をいただきました。

また、横須賀開国史研究会（会長　山本詔一氏）が編集する各資料は本書の構成において大変重要であったことを追記させていただき、併せてここに謝意を表します。

本書は、書き下ろしです。原稿枚数538枚（400字詰め）。

〈著者紹介〉
熊谷敬太郎　1946年東京都生まれ。学習院大学経済学部卒。広告代理店・大広勤務ののち、雑貨製造輸入会社社長。2009年「ピコラエヴィッチ紙幣」で第2回城山三郎経済小説大賞受賞。

江戸湾封鎖
2013年10月25日　第1刷発行

著　者　熊谷敬太郎
発行者　見城 徹

発行所　株式会社 幻冬舎
〒151-0051 東京都渋谷区千駄ヶ谷4-9-7

電話:03(5411)6211(編集)
03(5411)6222(営業)
振替:00120-8-767643
印刷・製本所:図書印刷株式会社

検印廃止

Printed in Japan
ISBN978-4-344-02478-6 C0093
幻冬舎ホームページアドレス　http://www.gentosha.co.jp/

この本に関するご意見・ご感想をメールでお寄せいただく場合は、comment@gentosha.co.jpまで。